Blitzlichter

Blitzlichter

Beobachtungen und Reflexionen
aus dem Alltag

von

Michael R. Moser

Bibliografische Information der Deutschen Nationalbibliothek:
Die Deutsche Nationalbibliothek verzeichnet diese Publikation in
der Deutschen Nationalbibliografie; detaillierte bibliografische
Daten sind im Internet über http://dnb.d-nb.de abrufbar.

Umschlagbild (ICE): Darius Schindler
Umschlagbild (Tasse): Fotolia
Satz, Umschlaggestaltung, Herstellung und Verlag:
BoD – Books on Demand

ISBN: 978-3-8482-3449-3

Inhaltsverzeichnis

VORWORT

Dies ist ein Buch, das Sie nicht lesen müssen, aber gerne lesen dürfen, wenn Sie möchten. Mehr als zehn Jahre lang habe ich Gedanken und Eindrücke gesammelt und wieder liegen und reifen lassen, zu Hause, auf Reisen, im Urlaub, aus Zeitungen im In- und Ausland, aus dem politischen Wirken anderer und von mir selbst, im Ehrenamt, in der Familie und natürlich im Beruf.

Die daraus entstandenen Episoden und Reflexionen ergaben eine lose Darstellung von „Blitzlichtern", wie ich es nenne – von Gedanken zu einem Thema, das so wie mich vielleicht in dem einen oder anderen Kontext auch Sie schon einmal berührt hat.

Themenauswahl und Gedanken dazu sind rein subjektiv und erheben weder Anspruch auf Vollständigkeit noch auf Aktualität, schon gar nicht auf objektive Richtigkeit und erst recht nicht auf wissenschaftliche Durchdringung eines Sujets.

An manchen Stellen habe ich ein „P.S." gesetzt, wenn ich aus Aktualitätsgründen etwas ergänzt habe.

Mein besonderer Dank gilt Boudewijn Vermeulen, Hans Albrecht, meinem Freund Darius Schindler und meiner Frau Stefanie, mit der ich eine Vielzahl von Themen, die in diesem Buch angesprochen sind, erleben und reflektieren konnte. Nur durch das Zusammenwirken verschiedener Menschen und deren Impulse konnte dieses Buch entstehen.

VERWÖHNTE EUROPÄER

Es war mein erster Flug nach Ägypten, eine Pauschalreise in einen wohlverdienten Urlaub nach einem anstrengenden, arbeitsreichen Jahr. Die Chartermaschine wurde in München am „alten" Terminal 1 abgefertigt, dort, wo früher für die Linienflüge der Lufthansa eingecheckt wurde. Das „neue" Terminal 2 war erst in diesem Sommer eröffnet worden. Das zeigte seine Wirkung: Obwohl wir in einem Pulk Pauschalreisender an den drei Abfertigungsschaltern eine gute halbe Stunde für die zwei Maschinen angestanden hatten, die in kurzem Abstand in die sonnige Region starten sollten, blieb es am gesamten Flughafen ruhiger, als ich es von früher in Erinnerung hatte. Die Sicherheitskontrollen waren gründlich, obschon ich mir vorstellen kann, dass die zwei Personen am Laufband für die Gepäckstücke personelle Verstärkung gut hätten gebrauchen können. Allzu hektisch erschienen mir die Bewegungen der Frau, die die Körbe vom Ende des Laufbandes wieder nach vorne brachte, dort stapelte und darauf zu achten hatte, dass jeder seine Sachen wiederbekam.

Der Flieger war dicht besetzt und eng; ein Airbus A 320, der wohl unter Ausnutzung des vorhandenen Raumes auf maximale Passagierzahl getrimmt worden war, mit zwei Reihen zu je drei Sitzen. Ich hatte versucht, mich mit zwei Aspirin körperlich auf die Situation vorzubereiten. Weil ich einen Gangplatz ergattert hatte, konnte ich hin und wieder ein Bein ausstrecken. Mit meiner Partnerin und späteren Frau, die durch den Gang von mir getrennt saß, witzelte ich über den Komfort an Bord. Der Airbus machte seinem Namensbestandteil „Bus" alle Ehre und ich erinnerte mich an meine Schulbusfahrten. Da es draußen finstere Nacht war, kam es mir nicht wie ein Flug vor, eher wie die damals gut zwei Stunden Busfahrt am Tag. Wo das Flugzeug vibrierte oder wackelte, stellte ich mir vor, der Bus führe über eine Unebenheit auf der Straße.

Während des Fluges konnte ich im Lichtkegel des Spots über meinem Platz überraschend gut und ermüdungsfrei lesen, selbst als mein Vordermann seine Rückenlehne so weit zurückstellte, dass ich mein Reclamheftchen auf deren Oberkante legen konnte. Vielleicht war es ja auch das Reclamheft, das die Erinnerung an die Schulzeit beförderte.

Nach knapp vier Stunden landete die Maschine im Zentrum der neuerdings treffsicher als „Riviera des Roten Meeres" beworbenen Region Ägyptens. Während unsere Maschine etwas günstigere Flugbedingungen gehabt zu haben schien und wir früher als geplant ankamen, hatte mindestens eine Maschine weniger Rückenwind, und so landeten in kürzester Zeit drei oder vier dieser Ferienflieger auf dem kleinen Provinzflughafen Hurghada.

In der Ankunftshalle folgte ein erstes kulturübergreifendes Spektakel: In Trauben von mehreren hundert Menschen standen wir erst um den Schalter der Reisegesellschaft, an dem wir die Gebührenmarken für das Visum erhielten, und anschließend an der Passkontrolle. Zwei Zollbeamte mit einem Ehrfurcht gebietenden goldenen Adler auf den Schulterklappen bemühten sich redlich, den Ansturm überwiegend europäischer Touristen zu bewältigen. Inmitten meiner Mitreisenden beobachtete ich geduldig, wie sich unser Menschenstau gemächlich abbaute.

Von oben betrachtet musste das Bild an eine Sanduhr erinnern, denn nur langsam wurde die Zahl derer geringer, die auf das Geräusch des Stempels für das Visum warten mussten. Mein Hintermann in der Schlange unterhielt sich mit zwei jungen Österreicherinnen (deren Nationalität ich an den Pässen in ihren Händen erkannt hatte) über die Zustände „wie vor 40 Jahren" beim Skifahren und beklagte, dass seine Skier damals im Gedränge mehr Schaden genommen hätten als auf der Piste.

Die beiden Österreicherinnen rauchten derweil, ebenso wie ein korpulenter Mann mit Berliner Dialekt vor mir und zwei jüngere Männer. In dem Gebäude waren zahlreiche gut lesbare Schilder angebracht, dass Rauchen nicht gestattet sei. Vor mir schimpfte ein ergrauter Mann um die 50 in einem Zungenschlag, aus dem ich fränkische und schwäbische Versatzstücke herauszuhören glaubte. Es müssten doch mehr Beamte die Abfertigung der ankommenden Reisenden übernehmen, denn „solche Zustände" gebe es in München ja nicht.

Die gesamte Abfertigung dauerte zwei Stunden. Über die Zollschalter hinweg sah ich eine Digitaluhr über den Laufbändern für das Gepäck hängen. Dem Zollbeamten kam ein junger Kollege als moralische Unterstützung zu Hilfe. Als Oberbekleidung trug er ein Hemd ohne Krawatte und einen Sportblouson, auf dessen Rücken in großen Lettern der Schriftzug „adidas" prangte, weshalb ich zunächst annahm, der Mann sei außer Dienst. Der

Zollbeamte am Schalter mühte sich, denn viele Passagiere aus Berlin, München, Düsseldorf und anderswo hatten ihre Papiere nicht vollständig ausgefüllt. Immer wieder musste er nach der Flugnummer fragen, die die Ankommenden nicht in das Einreiseformular eingetragen hatten, das nur arabische Schriftzeichen und englischen Text enthielt, der zudem Raum für Interpretationen ließ. Ich war mir auch erst unschlüssig gewesen, ob „Trip No." bedeuten sollte, dass der ägyptische Zoll wissen wollte, wie oft ich schon im Land gewesen war. Nachdem sich aber auch die „US Immigration" nur für meine Flugnummer interessiert hatte, als ich im April 2000 dort erstmals hinüberflog, übertrug ich diese Erfahrung von der damaligen Reise und die Zahlen vom Abschnitt der Boardingkarte. Es war 3.15 Uhr, als wir den Schalter des Zolls passierten und unsere Reisepässe mit Hilfe eines Stempels Marke Trodat den ersehnten Nachweis erhielten.

Erschöpft sank ich in den Sitz des Busses, der uns vom Airport zum Hotel bringen sollte. Hinter mir echauffierte sich ein Pärchen über die lange Aufenthaltsdauer im Flughafen, während der junge Ägypter von der Reiseleitung in einwandfreiem Deutsch seine ersten Begrüßungsworte ins Busmikrofon sprach. Auf den Kopfteilen der Rückenlehnen des Busses waren Schonbezüge angebracht, wie ich sie aus meiner Schulzeit kannte, mit dem Firmenlogo der Maschinenfabrik Augsburg-Nürnberg, besser bekannt als MAN.

In München durfte zu dieser Uhrzeit längst schon kein Flugbetrieb mehr stattfinden.

Nach zwölfstündiger Reisedauer und etwas mehr als 3100 Kilometern erfreuten wir uns an unserem geräumigen und ansprechend gestalteten Hotelzimmer. Weil wir in der Nebensaison gereist waren, hatten wir gut 500 Euro gespart. Von unseren Mitreisenden hatten das wohl die meisten vergessen, als sie sich über die Wartezeit in der Abfertigungshalle beschwerten und an der Hotelrezeption teilweise deutlich hörbar ungeduldig auf den Zimmerschlüssel warteten.

MERRY CHRISTMAS

Dieser Tage sprach ich mit einem Bekannten über seine und meine Empfindungen vor Weihnachten. Nach den vor Adjektiven strotzenden Werbebotschaften, die uns besonders in den Wochen vor Weihnachten berieseln, sollte es nun die „staade Zeit" sein. Besinnlichkeit indes kommt im täglichen Trubel nicht auf. Dies empfanden wir als Mangel, stellten mein Bekannter und ich übereinstimmend fest.

In der Vorweihnachtszeit, so scheint es, erhöht sich der gesellschaftliche Puls, um sich abrupt am Heiligabend gegen 14.30 Uhr zu verlangsamen. Jedenfalls hatte ich um diese Zeit den Paketzusteller noch gesehen. Und hatte ich nicht selbst die Weihnachtspost erst am 22. Dezember aufgegeben? Das war dann ja schon ein kleiner Fortschritt, denn im Jahr davor war es noch der Tag direkt vor dem Fest gewesen, als ich spätabends meine Briefe in den übervollen Postkasten am Postamt eingeworfen hatte. (Auch wenn die Post schon seit vielen Jahren kein „Amt" mehr ist, hat sich der Begriff in meinem Gedächtnis festgesetzt und ich verwende ihn gerne im Andenken an die Zeit der Bundesbehörde.) Der Füllstand dieses Postkastens war daran zu erkennen, dass die Umschläge gar nicht mehr nach unten fallen wollten und ich sie waagerecht einschieben musste, wobei ich mit den Fingerspitzen andere Karten und Umschläge ertastete.

Winterzeit, Vorweihnachtszeit, „staade Zeit"… da streiten sich die Geister.

Nicht nur die Gelehrten.

Isaac Newton war der Auffassung, dass der Raum und die Zeit „absolute Größen sind" stets gleich und unbeweglich; die Zeit unabhängig vom Ort stets gleichmäßig „vergeht". Das gefällt uns. Gleichmäßigkeit – da steckt „Mäßigkeit" drin. Mit mäßigem Tempo durch die Zeit zu gehen, das klingt nach angenehm stressfreiem Dasein in Raum und Zeit.

Albert Einstein vertrat dagegen die Meinung, dass Raum und Zeit voneinander abhängig eine „Raumzeit" bilden. Es gebe keine absolute Zeit. In verschiedenen Bezugssystemen vergehe die Zeit unterschiedlich schnell.

Die einzige Konstante sei die Lichtgeschwindigkeit. Mit anderen Worten, „schneller geht nicht". Wenn wir also das Gefühl haben, „am Limit" zu arbeiten, mehr in der Zeit nicht mehr schaffen zu können, dann sind wir nahe an der Lichtgeschwindigkeit unterwegs.

Der Raum krümmt sich mit zunehmender Masse. Die Krümmung begünstigt Beschleunigung. Die Apotheken-Umschau (April 2011) will herausgefunden haben, dass die Menschen mit zunehmendem Alter schwerer werden. Das liege daran, dass der Körper spätestens mit 40 vom „Wachstumsprogramm" auf „Erhalt der Körpermasse" umschalte, der Energieverbrauch sinke um bis zu 15 Prozent. Deswegen erleben Menschen im Alter eine „Beschleunigung der Zeit", klar – oder? Einziges Gegenmittel sei Ernährung und Bewegung. Also bewußt ernähren und mehr bewegen.

Mehr bewegen? Also schneller unterwegs sein…

Merke: ein Teufelskreis, aus dem es kein Entrinnen zu geben scheint. Mit zunehmendem Alter vergeht die Zeit schneller und in Bewegung auch. Ist eine Lösung in Sicht?

Entschleunigung? Wenn Einstein Recht hat, so gibt es die nicht, denn „alles" geschehe gleichzeitig. Dann wäre Zeit eine Illusion. Na dann könnten wir ja wieder durchschnaufen und ganz ruhig auf Weihnachten zugehen... das nächste Mal! Aber wieso schreiben wir die Weihnachtskarten dann am Freitag vor Heiligabend?

Das Jahresende bringt immer Veränderung mit sich; meistens aber weniger, als wir uns für das neue Jahr erhoffen oder befürchten.

In unser Büro (meine Frau und ich sind Rechtsanwälte und arbeiten auch als Coaches und Mediatoren) kommen viele Menschen, die ein eiliges oder ungewöhnliches Anliegen haben. Mitunter drohen ihre Ansprüche und Forderungen mit Eintreten des Jahreswechsels zu verjähren, sodass sie nicht mehr durchsetzbar sind. Manches Mal fragen wir uns, meine Kollegen und ich, weshalb Menschen ein Anliegen bisweilen jahrelang unbearbeitet lassen, um dann aber am letzten Vorweihnachtswochenende plötzlich Hektik zu verbreiten. So suchte uns eine Frau wegen einer hohen sechsstelligen Forderung gegen ihre Unfallversicherung auf. Diese hatte sich geweigert zu bezahlen und kurz vor Ablauf der Frist hatte dann auch noch der Anwalt der Frau den Fall aufgegeben. Die Chancen, ein solches Mandat in zwei Wochen zu einem erfolgreichen Abschluss zu bringen, sind eher gering. Die „Notbremse" ist ein Güteverfahren, vor einer staatlich anerkannten Gütestelle einzureichen. Das nimmt zumindest den größten Druck aus der Sache und konnte auch in diesem Fall helfen.

Oder eine Geschädigte aus mehreren Kapitalanlagen, zu deren Abschluss sie eklatant falsch beraten wurde: Der Anlageberater hatte nur seine Provision im Blick gehabt, die Bank wollte das Produkt noch verkaufen, und so ketteten sich in verschiedenen Verträgen mehrere fünfstellige Investitionen aneinander, die der im Zeitlauf der Anlage verwitweten Frau nun – mit Recht – Kopfzerbrechen verursachten.

In der zweiten Dezemberwoche fand sie den Weg in unsere Kanzlei. Sie solle sich zeitig entscheiden, sagten wir, denn am 22. Dezember würden wir in unseren Weihnachtsurlaub fahren. Nach zwei ausgiebigen persönlichen Gesprächen und mehreren Telefonaten entschied die Frau sich dafür, sich nicht zu entscheiden. Der Kollege, den ich der Geschädigten empfahl und der sich ihres Falles noch annahm, hatte mehr Glück. Letztlich hatten so alle ein kleines „Weihnachtsgeschenk" extra, denn der Kollege konnte der Geschädigten noch rechtzeitig helfen.

Bei aller „vorweihnachtlichen Hektik" und dem Fristenstress zum Jahresende bleibt uns doch eine Konstante, Weihnachten im Kreis der Familie – dabei wird es dann „für kurze Zeit" doch erstaunlich ruhig, friedlich, erholsam und scheinbar langsam.

VON E-MAILS UND BRIEFEN

In meiner seinerzeitigen Heimatstadt eröffnete eines Tages ein Internetcafé. Ich fragte mich gleich, ob sich das Unternehmen wohl lohnen würde. Ich selbst zum Beispiel bin privat und beruflich voll internetversorgt und zuhause mit reichlich Kommunikationsmitteln ausgestattet: Telefon, Mobiltelefon, E-Mail, Telefax, und die gute alte Briefpost gibt es ja auch noch. Ganz anders im Urlaub, da genieße ich es, E-Mails oder elektronische Grußkarten an Freunde und Bekannte zu versenden, und nehme gern Internetcafés in Anspruch. Da ergibt es schon Sinn, wenn Publikumsknotenpunkte an touristisch interessanten Orten solche Dienste anbieten.

Vielleicht ist es die Folge der Massenkommunikation, dass die Verständigung oberflächlicher, gehaltloser, inhaltsärmer wird. Die Menschen reden zwar viel, sie quasseln oder tratschen, und wer Hellmuth Karaseks „Hand in Handy" gelesen hat, bekommt ein Gefühl von dem, was ich meine. In unseren Mediations- und Coachingsitzungen jedoch ist eine fortschreitende Deformation der Kommunikation als eine der Ursachen dafür festzustellen, dass Beziehungen in Schieflage geraten oder gar nicht mehr „funktionieren" – wir sprechen zu wenig (über uns) mit anderen. Das spiegelt auch die Klatschpresse wider, denn viel interessanter scheint es, sich über andere das Maul zu zerreißen. Äußerlichkeiten spielen eine große Rolle in der Wahrnehmung, die andere von uns haben – jedenfalls solange wir nichts von uns selbst preisgeben.

Im Anwaltsberuf ist das die Spitze des Eisbergs: „Sie hören von meinem Anwalt!" – will heißen, Sie bekommen Post von ihm – ist die offizielle Aufkündigung der Gesprächsbasis mit demjenigen, dessen Ansichten vom Leben den meinen widersprechen.

Die Neigung, den anderen ins Unrecht zu setzen, hat ganz vortrefflich Morgan Scott Peck in seinem Buch „Der wunderbare Weg" beschrieben. Jede Parlamentssitzung ist ein Beleg für diesen Trieb, der, in mäßige Rhetorik gekleidet, das Desinteresse an Diskussionen nur befördern kann und mich stets an den Kindergarten oder Streitigkeiten im Sandkasten erinnert. Dazu passt die Tendenz, im Konfliktfall das Trennende zu betonen und den Blick für die Gemeinsamkeiten zu verlieren. Aber wie bitte schön soll ich erfahren, was ich mit meinem Kommunikationspartner gemeinsam habe, welche Übereinstimmungen vielleicht in Erfahrungen, Erlebnissen oder Vorlieben und Gewohnheiten wir haben? Wie soll man eine Kommunikationspartnerschaft aufbauen, wenn ich ihn oder sie weder sehe noch höre?

Ich erinnere mich an einen Vortrag einer englischen Mediatorin auf einem Kongress in Freiburg. Die Rednerin bediente sich einer so klaren Aussprache, dass ich das Gefühl hatte, alles zu verstehen. Eine der Botschaften aus dieser Rede war, dass uns bei der unpersönlichen Kommunikation, also wenn wir den anderen nicht sehen, etwa 60 Prozent der Informationen verloren gehen, die über nonverbale Komponenten wie Mimik und Gestik ausgedrückt werden. Am Telefon habe ich wenigstens noch die Sprachfärbung, Artikulation und Modulation, bei E-Mails oder SMS dagegen nicht. Ein Quell für Missverständnisse aller Art, zumal die Möglichkeit der persönlichen Rückfrage fehlt.

Ich kann bei den vielfältigen Möglichkeiten des Computerdatentransfers nicht einmal sicher sein, dass die Absenderadresse immer mit dem tatsächlichen Absender übereinstimmt. Wie sonst sollten mich E-Mails erreichen, die als Absender und Empfänger meine eigene Adresse tragen und dabei womöglich ein Virus transportieren?

Heute ist es üblich, am Computer zu schreiben und Ausdrucke nach einem standardisierten Zeichencode zu fabrizieren. Verloren gehen die Handschrift, das ästhetische Vergnügen, einen mit Füllfederhalter geschriebenen Brief zu lesen, die Haptik des vom Absender gewählten Papiers oder das Betrachten der Briefmarke. Der Berufsstand der Handschriftendeutung geht schweren Zeiten entgegen. Berufsanfänger können vielfach nicht mehr von Hand schreiben (von Kurzschrift ganz zu schweigen). Der Sinn eines ausführlichen handschriftlichen Lebenslaufes ist dieser Generation nicht abhandengekommen, sie haben ihn erst gar nicht erfahren. Pubertät und Teenagerjahre vor dem PC heißt auch Gefahr laufen, keinen Zugang zur Sprachvielfalt zu erhalten sowie keine Übung und Reflexionsfähigkeit, etwa durch Tagebuch- und Liebesbriefeschreiben, zu erlangen.

Ich erinnere mich gerne daran, als ich als verliebter Teenager auf den Postboten wartete und unruhig immer wieder zum Briefkasten lief, um nachzusehen, ob der erwartete Brief meiner damaligen „Flamme" endlich angekommen war. Dazu muss man wissen, dass auf dem

Land, wo ich aufgewachsen bin, der Postbote keine festen Zeiten einhalten konnte, weil er über viele Weiler fahren und lange Strecken zurücklegen musste.

Die sehnlich erwarteten Briefe waren auf festem rötlichem Karton geschrieben, und als der Briefträger endlich klingelte, hüpfte ich voller Vorfreude zur Türe. Der Zusteller erahnte wohl den Inhalt, als er mir mit einem verschmitzten Lächeln den Umschlag überreichte, der auf der Rückseite den weiblichen Absender preisgab und auf der Vorderseite mit einigen kleineren Aufklebern geschmückt war, und das Nachporto erhob.

Wenn die Anleitung zum Briefeschreiben verloren geht, leben stattdessen Vorbilder einer ganzen Generation die Kommunikationsminimalisierung vor. Fernsehjungstar Alexander hatte seiner Freundin die Freundschaft per SMS gekündigt – da fehlen mir die Worte.

P.S.: Das Internetcafé in meiner damaligen Heimatstadt schloss nach knapp zwei Jahren wieder. Heute befindet sich eine „Schokolounge" in den Räumen. Da werden gleich mehrere Bedürfnisse in einem bedient und man sitzt gemütlicher.

Patriot's Act

Im April 2000 bereiste ich zum ersten Mal die USA. Es war eine teure Reise, da meine damalige Frau und ich die Hotels, Bed and Breakfasts und den Mietwagen jeweils einzeln gebucht hatten, und es war eine beeindruckende und in vielerlei Hinsicht aufschlussreiche Reise. Vom kleinen Flughafen Augsburg ging es mit einem Zubringerflug nach Frankfurt/Main und von dort nonstop nach Dallas/Texas.

Der Flug dauerte gut elf Stunden und ich hatte reichlich Aspirin mit- und eingenommen, um in den engen Economysitzen meinen Blutkreislauf (nur am Rande: Heute würde ich zu Ginkgo greifen) zu erleichtern. Der Flug in der Businessklasse war achtzehnmal so teuer als der in der Economyklasse. Das Personal versuchte die lange Dauer und die Enge vergessen zu helfen, indem es sich sehr aufmerksam zeigte und Getränke und Essen zügig servierte.

Da wir mit der Sonne flogen, setzte mir die Reise körperlich nur wenig zu – von Müdigkeit keine Spur, wahrscheinlich auch, weil Neugierde und Aufregung den Adrenalinspiegel hoch genug hielten. Irgendwo zwischen Grönland und Detroit reichte das Flugpersonal jedem Fluggast einen grünen und einen weißen länglichen Karton, während im Bordfernsehen die Ausfüllanleitung für den Visumsantrag abgespult wurde. „Die Abschnitte gut aufheben", lautete der Rat der Chefstewardess, sonst könne es bei der Ausreise und einer späteren Wiedereinreise Schwierigkeiten geben.

Der Flughafen Dallas-Fort Worth hatte für mich seit jeher besondere Bedeutung. Dort nämlich landete am 22. November 1963 der amerikanische Präsident John Fitzgerald Kennedy, bevor er in downtown Dallas auf der Dealey Plaza von Lee Harvey Oswald mit einem altertümlichen Repetiergewehr erschossen wurde, wie die offizielle Version später lautete. John F. Kennedy war es auch, der nach der von der CIA gesteuerten gescheiterten Invasion Kubas in der Schweinebucht 1961 in einem präsidialen Memorandum die Auflösung der Geheimdienste befahl. Ein Befehl, der nie befolgt und von Lyndon B. Johnson, seinem Nachfolger, umgehend wieder aufgehoben wurde.

Keiner der Attentatsplaner rechnete damals mit dem Auftauchen des sogenannten Zapruder-Films, dem der aufmerksame Beobachter mehr entnehmen kann als die irreführende Absicht dieser Alleintätertheorie. Im Film von Oliver Stone „JFK – Tatort Dallas" mit Kevin Costner in der Hauptrolle des Staatsanwaltes Jim Garrison sind die Geschehnisse rund um die Ermordung des 35. Präsidenten der Vereinigten Staaten von Amerika in einer bisher der Öffentlichkeit kaum bekannten Detailgenauigkeit dargestellt. Abgesehen von den vielen namhaften Auszeichnungen und Nominierungen, die dieser Film erhielt, stellt dieser Film mit der Kraft der autobiografischen Dokumente die Alleintätertheorie in Frage. Nach der offiziellen Version wurde Kennedy vom sechsten Stock des Schulbuchlagerhauses an der Ecke der Dealey Plaza von Lee Harwey Oswald aus einem alten Repetiergewehr mit drei Schüssen niedergestreckt. Das Schulbuchlagerhaus steht im Rücken des Tatorts. Der Zapruder-Film, der ausführlich in dem Film von Oliver Stone gezeigt wird, ist nach seinem Ersteller, Abraham Zapruder, benannt. Wikipedia kennt Details: „Zapruder hielt die Szene auf einem Kodak-Kodachrome-Normal-8-mm-Farbfilm ohne Tonaufzeichnung fest. Verwendet wurde eine 414-PD-Bell-&-Howell-Zoomatic-Director-Series-Filmkamera mit 18,3 Bildern pro Sekunde. Das Gerät war für die damalige Zeit, in der viele Hobby-Filmer noch schwarz-weiß arbeiteten, recht fortschrittlich. Die gesamte Filmsequenz wurde aus einer Erhöhung (Betonpodest) auf der Dealey Plaza gefilmt und umfasst 26,6 Sekunden, wovon 19,3 Sekunden das eigentliche Attentat zeigen. Insgesamt besteht die Sequenz aus 486 Einzelbildern.

Zapruder, ein Textilunternehmer, wurde bei der Aufnahme von seiner Sekretärin Marilyn Sitzman gestützt. Von seinem Standort aus befand sich Kennedys Autokolonne, die sich auf der Elm Street näherte, zum Zeitpunkt des Attentats nahezu genau vor und unter ihm.

Der Film wurde als wichtiges Beweismittel von der Warren-Kommission und den späteren, zur Aufklärung des Attentats eingerichteten Untersuchungskommissionen verwendet. Die Warren-Kommission veröffentlichte dabei in ihrem Band XVIII 13 Bilder, die weniger als eine Sekunde des gesamten Films ausmachen. Kopien des Films fanden weite Verbreitung in den Medien und sind bis heute u. a. im Internet frei zugänglich." Auf dem Zapruder-Film ist eindeutig zu erkennen, dass John F. Kennedy von drei der mindestens sechs abgefeuerten Geschosse getroffen wurde. Eines traf ihn in die Kehle, das zweite in den Rücken. Das tödliche Geschoss trifft den Präsidenten von vorne in den Kopf. Auf dem Zapruder-Film sieht man die Bewegung des angeschossenen Kopfes nach hinten und nach links, was zwingend bedeutet, dass der Schuss von vorne und rechts kam. Die Warren-Kommission hielt gleichwohl an der „Alleintätertheorie" fest, was bedeutet, dass alle sechs Schüsse von Lee Harvey Oswald aus dem hinter dem Cabriolet des Präsidenten stehenden Schulbuchlager abgefeuert worden sein sollen. Das ist übrigens noch heute die „offizielle Version" der US-Regierung von den Ereignissen am 22. November 1963. Der Zapruder-Film ist heute noch auf YouTube zu sehen.

So war diese Reise nach Dallas für mich eine Reise in die Geschichte und zugleich eine Entdeckungsreise in das große und noch unbekannte Land. Die Rollwege auf dem Flughafen Dallas-Fort Worth schienen nicht enden zu wollen und ich ahnte, dass wir später wohl noch einige Zeit umherfahren würden; ein erstes Indiz für die geografischen Dimensionen in den USA und besonders, wie ich später feststellen sollte, in Texas, wo alles noch etwas größer als anderswo zu sein scheint. Früh gewann ich den Eindruck, dass die Weite des Landes das Denken der Menschen beeinflusst.

Wir näherten uns der Zollabfertigung. Abfertigungsschalter reihten sich wie Supermarktkassen aneinander. Sehr schnell zeigte sich, dass hier eine politische Zweiklassengesellschaft herrschte, die nur zwischen US-Bürgern und Ausländern differenzierte. Die Unterteilung jedoch deprimierte mich, denn als Europäer hatte ich gehofft, dass es einen Abfertigungsschalter für „EU" oder „verbündete Staaten" gab. Doch während die Einheimischen schnell durchgeschleust wurden, standen mit mir viele Europäer, Asiaten und einige andere in einer langen Schlange. Ich lernte, dass die bloße Tatsache, Europäer zu sein, in den USA noch keine Bevorzugung bedeutet.

Endlich: Ein freundlicher, breitschultriger Mann mit allerlei silbernen Abzeichen winkte uns zu sich, musterte mich und meinen Reisepass und verwickelte mich in ein kleines Gespräch, was der Grund für die Reise sei und warum ich gerade nach Texas wolle. Diese Antwort fiel mir leicht, denn die Temperaturen in Boston im April sind mindestens so kalt wie bei uns in Süddeutschland, da brauchte ich nicht zu verreisen, meinte ich, und der Mann wünschte einen guten Aufenthalt, während eine Kollegin das Visum und das Datum der spätesten Ausreise in den Pass stempelte und die Buchstaben „WT" im Pass mit einem handschriftlichen Kringel versah.

Ein paar Jahre später übrigens, Anfang 2004, hörte ich eine kurze Meldung in den Nachrichten, wonach die amerikanische Einreisebehörde von allen, die in die USA wollten, nun Fingerabdrücke nähme. „Was wollen die mit meinen Fingerabdrücken?", fragte ich mich. Wenn ich mit dem Mietwagen einen Unfall habe, sichert die Polizei dann auch die Spuren vom Lenkrad, damit bewiesen ist, dass ich gefahren bin? Diese pauschale Erhebung persönlicher Daten ohne strafrechtlichen Anlass erinnert mich an die bei deutschen Ermittlern populären Massengentests in der Bevölkerung ganzer Landstriche. Wenn ich mich weigere, daran teilzunehmen, mache ich mich zwangsläufig verdächtig – die Frage nach den Menschenrechten hören Behördenvertreter in diesem Zusammenhang nicht sehr gern. Zwischenzeitlich haben sich gar Pässe mit biometrischen Daten etabliert und es werden Kontodaten übermittelt. Da kann man nur staunen, wie schnell sich die Menschen mit derlei Änderungen arrangieren.

„Wir sprechen nicht über Erkenntnisse der Geheimdienste", „we don't discuss intelligence matters", war die kurze Antwort von Präsident Bush jr. auf die wohl zu Recht gestellten Fragen der Journalisten. Damit war Schluss der Debatte, die noch gar nicht begonnen hatte und nicht beginnen sollte. Nach dem 11. September 2001 war nichts mehr so, wie es vorher war, erinnere ich mich noch an ein langes Telefonat, das ich an diesem Tag mit einem Bekannten führte, der mich aus Ulm in Malta anrief. Wie bei anderen Attentaten stellte sich die Frage des „cui bono", nämlich wer einen Nutzen aus diesen Verbrechen zog. Für die Geheimdienste jedenfalls scheint das Zusammenraffen von Informationen einen originären Lustgewinn darzustellen; und die Beschaffung von Anlässen stimuliert diese merkwürdige Art der Selbstbefriedigung.

Die Administration Bush adelte das Versagen der verschiedenen national wie international, zivil wie auch militärisch tätigen Nachrichtendienste der USA, indem sie eine neue Superbehörde schuf, die das Herz jedes Agenten höher schlagen lässt, das Department of Homeland Security. Klingt das nicht niedlich? Im Inland werden die Bürger einem Gesetz mit dem Namen „Patriot Act" unterworfen.

Für Pässe mit biometrischen Daten wird ein Foto benötigt, auf dem man für einen Computer nachmessbar „korrekt" dreinschauen muss, sonst kann der Passantrag nicht eingescannt werden, und dazu noch Fingerabdrücke. Immerhin spare ich mir die Prozedur bei einer Einreise in die Vereinigten Staaten von Amerika. Ach ja, und mein Früchtemenü, das ich seit Jahren in meinem Profil bei Langstreckenflügen bei der Lufthansa hinterlegt habe, das ist sicher etwas außergewöhnlich, die „US Immigration" weiß davon aber auch schon, bevor ich ins Flugzeug steige. Soll sie doch.

P.S.: Der „USA Patriot Act" heißt laut Wikipedia „Uniting and Strengthening America by Providing Appropriate Tools Required to Intercept and Obstruct Terrorism Act of 2001", im Deutschen etwa „Gesetz zur Einigung und Stärkung Amerikas durch Bereitstellung geeigneter Instrumente, um Terrorismus aufzuhalten und zu blockieren".

EIN STARKER EURO

In den Jahren 1989 bis 2002 wurde in Mitteleuropa eine bemerkenswerte Dynamik entfesselt: Mauerfall, deutsche Wiedervereinigung, die Verträge von Maastricht und Amsterdam, die Verfestigung der Europäischen Gemeinschaft zur Union und schließlich die Einführung der gemeinsamen Bargeldwährung, des Euro. Damit wurde aus dem Buchwert des ECU eine fassbare, im besten Sinne des Wortes begreifbare Größe. Der Name der Währung geht auf Theodor Waigel zurück, den damaligen deutschen Finanzminister, der mir noch aus meiner Zeit bei der Jungen Union als authentische Persönlichkeit in Erinnerung ist.

Die allgemein geteilte politische Überzeugung damals war, dass es in einem Europa der gemeinsamen Währung nie wieder Krieg unter den Mitgliedstaaten geben würde. Manche meinten allerdings, erst müsse die politische Einigung weiter vorangetrieben werden, bevor die wirtschaftliche folgen solle.

Die Zeit vor Einführung des Euro war geprägt von einer Mischung aus gleichgültiger Ergebenheit, Angst vor einer Währungsreform bei denen, die diejenige von 1948 noch erlebt hatten, und dem Festhaltenwollen an der „guten alten D-Mark". In ganzseitigen Zeitungsannoncen beschwor ein gewisser Bolko Hoffmann den Untergang des wirtschaftlichen Abendlandes, sollte eine gemeinsame europäische Währung eingeführt werden. Zunächst konnte er sich im Recht wähnen: extreme Einbrüche bei den Aktienkursen in den Jahren 2000 bis 2002, der Wertverlust des Euro gegenüber dem US-Dollar von 1,12 auf etwa 0,80, dazu noch eine Wirtschafts- und Fiskalpolitik, die als prozyklisch bezeichnet werden darf. Wenn Sie sich 2008 und 2009 an diese Dinge erinnert fühlten, mag das darin liegen, dass sich an der inneren Einstellung der Entscheider nichts geändert hat.

Dennoch endete das Jahr 2003 mit Zahlen, die wieder einen Hoffnungskeim enthielten. Der deutsche Außenhandelsüberschuss betrug erfreuliche 135 Milliarden Euro, der Aktienindex DAX schloss mit 3965 Punkten etwa 80 % über seinem Tiefststand und der Euro beglückte die Europäer mit einem Kurs von mehr als 1,25 US-Dollar. Die Vorteile der gemeinsamen Währung für Europa liegen auf der Hand. Das Preisgefüge in Europa wird transparenter, Waren und Dienstleistungen werden vergleichbar und damit wettbewerbsfähig. Das gilt für die Flugreise genauso wie für Kleidung und Musik-CDs, Fernsehgeräte, Handtaschen oder den Espresso.

Reisen ins und Einkäufe im außereuropäischen Ausland werden mit einem starken Euro noch interessanter und preiswerter. „Zum Weihnachtseinkauf nach New York", lud die Lufthansa ein. Auch in Dubai lässt sich schön shoppen, wenn man den Versprechungen der Reiseindustrie Glauben schenken mag.

In unserem Neujahrsurlaub 2004 in Ägypten erfreuten wir uns an aus europäischer Sicht erstaunlich günstigen Preisen, bei einem Wechselkurs von 1:7 bis 8 zum ägyptischen Pfund. Der Wäschereiservice im Hotel brachte das Oberhemd für umgerechnet 70 Cent wieder in Form, Cappuccino und Internetcafé (halbe Stunde) waren für umgerechnet 1,20 Euro zu haben. Der Euro bietet enorme Chancen und er kann Freude bereiten – es kommt darauf an, was wir daraus machen. Wehklagen über die Sinuskurve der wirtschaftlichen Entwicklung in Deutschland ist, wie das Wehklagen an sich, eine typisch deutsche Krankheit.

P.S.: In seiner bisherigen Zeit pendelte der Euro zwischen 0,82 und knapp 1,60 US-Dollar (Referenzkurs der Europäischen Zentralbank). Bild.de berichtet, der Euro habe seit seiner Einführung (2002) bis 2011 seinen Außenwert zur „Leitwährung" US-Dollar um ein Drittel erhöht. Seit der Finanzkrise im Jahr 2008 hat der Euro im Vergleich mit Währungen wie dem Schweizer Franken, dem japanischen Yen, dem australischem Dollar und dem südafrikanischen Rand an Wert verloren. Im Verhältnis zum Schweizer Franken etwa sank er von 1,67 auf bis zu 1,07 Franken (Anfang August 2011).

Angesichts der Berichte über Griechenlands drohende Pleite mag man sich an die Absichten erinnern, die die Gründerväter der gemeinsamen Währung hegten und die in den Maastricht-Kriterien ihren Niederschlag gefunden hatten. Ein entscheidendes Argument Theo Waigels und der CDU lautete, kein Mitgliedstaat werde für die Verbindlichkeiten eines anderen haften. Damit war das Vertrauen der Bürgerinnen und Bürger in die Stabilität des Euro einigermaßen von der D-Mark „hinübergerettet" worden. Kanzlerin Merkel hat allerdings zwischenzeitlich einige der Ideen aus der Gründerzeit des Euro als „Konstruktionsfehler" bezeichnet. Der Nachrichtendienst Euronews schreibt dazu: „Man rede nicht mehr nur über eine Fiskalunion, sondern fange an, sie zu schaffen, sagte Angela Merkel bei der Erläuterung der Beschlüsse im Bundestag."

In ihrem Artikel „Derzeitiges Europa gleicht Fass ohne Boden" (Wirtschaftswoche, 23.10.2012) schreibt Bettina Röhl: „Für die Euro-Rettung via Gründung der ‚Vereinigten Staaten von Europa' im Blitzverfahren degradieren Schäuble, Merkel und deren politische Widersacher Parlamente und Bürger zu Statisten. Derweil werden dem Norden weiterhin Milliarden entzogen und in Griechenland versenkt."

Eine Gegenbewegung anderer Art hat in dieser Zeit einen Impuls bekommen. Der frühere Chefredakteur des Bayernkurier, Wilfried Scharnagl, hat ein Buch mit dem Titel „Bayern kann es auch allein" herausgebracht. Es ist durchaus lesenswert, nicht wegen der darin geäußerten „separatistischen" Gedanken, sondern wegen des weiten historischen Hintergrundes, vor dem das persönliche und gesellschaftliche Leid über Generationen verständlich wird. In Scharnagls Perspektive erscheint nachvollziehbar, weswegen ein Land unter einem finanziellen Joch wie dem Länderfinanzausgleich Auswege sucht.

Bei Wikipedia ist zur Geschichte des Euro zu lesen: „Die Nichtbeistands-Klausel (auch No-Bailout-Klausel) bezeichnet eine fundamentale Regelung der Europäischen Wirtschafts- und Währungsunion (EWWU), die in Art. 125 AEU-Vertrag festgelegt ist. Sie schließt die Haftung der Europäischen Union sowie aller Mitgliedstaaten für Verbindlichkeiten anderer Mitgliedstaaten aus. Als Teil des Vertrags von Maastricht wurde diese Regelung am

7. Februar 1992 als Art. 104b in den Vertrag zur Gründung der Europäischen Gemeinschaft (EG-Vertrag) aufgenommen." Als ich vor der ersten Entscheidung des Deutschen Bundestages zur sogenannten „Griechenlandhilfe" unseren Bundestagsabgeordneten am Rande eines Termins in seinem Wahlkreis genau darauf ansprach, meinte der, die Fraktion habe sich beraten lassen und das sei alles „kein Problem", denn man zahle ja „freiwillig". Das sieht die Mehrheit der Bürgerinnen und Bürger und der Abgeordneten heute sicher deutlich kritischer.

Anzeigen von Bolko Hoffmann habe ich übrigens schon lange keine mehr gesehen.

P.P.S.: Theo Waigel, der Bundesfinanzminister von 1989 bis 1998, in dessen Amtszeit die Einführung des Euro fällt, äußert sich heute noch als überzeugter Verfechter dieser Währung und damit auch der Abschaffung der D-Mark. Ohne den Euro, so wird er in der hiesigen Lokalzeitung zitiert, müsste Deutschland einen Wachstumsverlust von 15 bis 25 Prozent und eine höhere Arbeitslosigkeit verkraften. Was die Zukunft bringt, werden wir sehen. Ob es zu der von Waigel angesprochenen Führungsrolle Deutschlands in Europa kommt? Ob die Euro-Zone sich an die Ablösung des US-Dollar als „Leitwährung" herantraut? Viele Fragen bleiben.

Von Jungfrauen und Stahlbullen

Zum Jahreswechsel 2004 hieß es in den Nachrichten: „Die Magnetschwebebahn Transrapid hat den Linienverkehr aufgenommen." Ein Meisterwerk deutschen Ingenieurwesens hatte seine Bestimmung gefunden – so schien es.

Fast regelmäßig, wenn ich Zug fahre (und ich fahre viel Zug), erinnere ich mich an einen Hinweis von Henning Kaul, damals Vorsitzender des Umweltausschusses im Bayerischen Landtag, der Zug in seiner altbekannten Form mit dem Prinzip „Rad-Schiene" sei eine mehr als 100 Jahre alte Technik. Ich behaupte, dass ich das beim Zugfahren merke. Je nach Federungsstärke der alten und weniger alten Waggons, mal mehr mal weniger – an jeder Weiche leistet der alte Zug seinen Offenbarungseid über Herkunft und Alter. Ganz besonders auf den sogenannten Hochgeschwindigkeitsstrecken wie derjenigen zwischen Stuttgart und Mannheim – auf der ich das subjektive Gefühl habe, der Zug führe schneller, als es seine Technik zulässt.

Franz Beckenbauer hatte mit seinem Team Großartiges geleistet und die Fußball-WM 2006 nach Deutschland geholt. Einige Zeit bevor die FIFA diese Entscheidung bekannt gab, nämlich in der Jahrtausendbeilage der *Augsburger Allgemeine*, fand ich meine Inspiration, ein Projekt zu befördern, das für mich technisch und strategisch-planerisch besonderen Reiz versprühte. Die Kraft einer Vision.

Was hat das mit dem Transrapid zu tun? Nun, dazu später.

In dieser Zeitungsbeilage jedenfalls wagte ein Redakteur einen Blick in die Zukunft. Er stellte sich vor, 2029 säße ein Reisender aus der Region Bodensee in einer Magnetschwebebahn nach Augsburg, das sich bis dahin zu einem Umweltkompetenzzentrum europäischen Ranges entwickelt habe. Die Beschreibung faszinierte mich derart, dass ich in Gedanken schon in dieser Bahn saß und mir vorstellte, in welcher Geschwindigkeit und mit welchem Komfort Distanzen in Europa zurückgelegt werden könnten. Mir wurde schnell klar, dass diese Idee umzusetzen erfahrungsgemäß auf Widerstände stoßen musste und dass es einer Strecke bedurfte, die Werbung im besten Sinne des Wortes für diese Technologie macht.

Was lag daher näher, das Ziel aufzufassen, eine solche Strecke zur Fußball-WM 2006 in Betrieb zu nehmen, um Einheimische und Gäste davon zu begeistern? Und es musste ein europäisches Projekt werden, das stand für mich fest. Die europäische Dimensionierung lag zwangsläufig auf der Hand! Sollten nämlich die Interessen eines einzelnen Landes bei einem Projekt dieser Bedeutung und Tragweite und der mit seiner Realisierung verbundenen Kosten zu sehr betont werden, würde dies Misstrauen, im schlimmsten Fall Ablehnung und Blockade bei denen hervorrufen, die finanziell oder persönlich vom Bau der Transrapidverbindungen betroffen wären. Für nationale Nabelschau und Selbstgefälligkeiten gab es also wahrlich keinen Raum.

Die Idee reifte in gemeinsamen Überlegungen mit meiner damaligen Partnerin und heutigen Ehefrau und unserem damaligen „Senior in spe", einem durch und durch im besten Sinne politisch denkenden Mann, einem homo politicus, einem Mann mit kultureller Bildung und Lebenserfahrung über die europäischen Landesgrenzen hinaus.

Beflügelt wurde mein naiver Eifer von der Beschlussfassung der Europäischen Kommission über den Ausbau eines europäischen Hochgeschwindigkeitsbahnnetzes. Sollten die hierfür bereitgestellten Milliardenbeträge tatsächlich in eine mehr als 100 Jahre alte Technik gesteckt werden? Nein! Das war doch klar.

Aber was war mit den persönlichen Befindlichkeiten der Menschen, die zuallererst von dem neuen hervorragenden Projekt profitieren würden? Jede Veränderung erzeugt Skepsis, und diese neigt zur Verfestigung, wenn die Ursachen für das Misstrauen zu wenig Beachtung erfahren.

So gewann die Idee weiter an Form, mit einem Kompetenzmix aus den Bereichen Technik, Recht, Psychologie, Mediation und Marketing den „olympischen Geist" von München neu zu erwecken. Schließlich hatte der es möglich gemacht, dass im Jahr 1972 U- und S-Bahnen in Betrieb genommen wurden, was der Bevölkerung heute immer noch zum Nutzen gereicht.

Wir garnierten unser Konzept mit einigen Details, die auch die Beteiligung der anderen europäischen Staaten am Projekt des neuen Münchner olympischen Geistes ermöglichen würden, und gingen mit unserer Idee und Begeisterung hausieren. Wir sahen in Gedanken schon Transrapids von Paris nach Budapest und von Hamburg nach Barcelona oder Neapel fahren, und auf ihren Trassen würde nachts der Transrapid-Cargo in neuer Zuverlässigkeit und unter maximaler Schonung der Umwelt Waren transportieren.

Eine organisatorische Plattform war skizziert worden, die es erlaubte, das Projekt weitestgehend ohne störende Einflüsse von außen voranzubringen: Die Menschen sollten in diese Idee einbezogen werden, persönliche Begeisterung sollte hervorgerufen und Bedenken sollten ernst genommen werden.

Uns fehlte nur noch der „göttliche Odem", ein klares Signal von Politik und Betreiberkonsortium, den ersten Schritt zu unternehmen. Das war im Frühjahr 2000. So führten wir Gespräche mit den Vorsitzenden des Umwelt- und des Wirtschaftsausschusses im Bayerischen Landtag, dem Sprecher der Europaabgeordneten der CSU und der Betreiberfirma und versuchten, sie ins Boot zu holen. Einzelne Schritte waren miteinander koordiniert.

Das zweite Gespräch mit dem zweiköpfigen Vorstand der Betreiberfirma hat sich mir ins Gedächtnis gebrannt.

Ich zog daraus die Erkenntnis, dass Proporz der Todesstoß für alles ist, was gelingen soll. Das gilt in der Politik genauso wie in der Wirtschaft. Politische Mandate werden unter anderem nach einem Geschlechterproporz besetzt, einem konfessionellen Proporz, einem Proporz der Berufe und besonders einem regionalen Proporz. Damit kann jeder Kandidat gefördert oder verhindert werden, sodass das Verfahren guten Gewissens „willkürlich" genannt werden kann. In Gremien, die nach Beteiligungen besetzt sind, ist das ähnlich.

Der Vorstand der Betreibergesellschaft war nämlich ebenfalls nach einem Proporz besetzt, der besagte, dass

jeder Hauptaktionär oder Gesellschafter ein Vorstands-
mitglied stellte: einen Kaufmann aus dem Stahlbereich
und einen Ingenieur aus der Luftfahrtbranche.

Unser Senior brachte eigene Erfahrungen aus dem
Stahlgeschäft mit; er hatte 40 Jahre lang die Interessen
deutscher Unternehmen im Ausland vertreten, darunter die damals renommierte DEMAG. Unter den Stahl-
kennern bildete sich während des Gesprächs schnell ein
vertrauter Tonfall, der sich einstellt, wenn die Beteiligten
auf ähnliche Erfahrungen zurückblicken können. Diese
Vertrautheit bietet Chancen, aber auch Gefahren: Dinge
werden schneller vom Tisch gewischt.

Ob das in unserem Gespräch die Falle war, vermag ich
nicht zu sagen. Beide Herren der Firma, deren Ziel die
Umsetzung dieses ehrgeizigen Projektes eigentlich war,
meinten, ja, unsere Ideen seien schon interessant und
würden das Projekt sicher befördern – aber man könne
das nicht entscheiden und im Übrigen gebe es auch kein
Budget für die ersten Schritte, die zu gehen gewesen wären. Das erinnerte unseren Senior an Jungfrauen, die Lust
auf Sex haben, aber unter keinen Umständen das Risiko
eingehen wollen, schwanger zu werden.

Dabei waren wir in unserer Präsentation wohl zu ehrlich und bescheiden: Anfänglich hätten uns rund 10 000
Euro genügt, ein Stimmungsbild zu erheben und darauf
aufbauend einen Fahrplan zu erstellen, der uns und anderen als Richtschnur hätte dienen können, auf elegante
und geräuscharme Weise ein faszinierendes Projekt zum
Erfolg zu führen.

Aus heutiger Sicht und angesichts millionenschwe-
rer Beraterverträge in der Politik hätten wir an unsere

Vorstellungen wohl einfach ein paar Nullen anhängen müssen, um ernst genommen zu werden.

P.S.: Vom Transrapid hört man in Deutschland nichts mehr. Die Versuchsanlage im Emsland ist nach einem Unfall 2006, dem einzigen in der Betriebszeit der Strecke seit 1983 übrigens, bei dem 23 Tote und zehn Verletzte zu beklagen waren, überregional nicht mehr in den Schlagzeilen aufgetaucht, sondern wurde Ende 2011 mit dem Auslaufen der Betriebserlaubnis stillgelegt. Das traurige Ende eines Stücks deutscher Ingenieurskunst.

WORTBRUCH UND ANDERE ALLTÄGLICHE VORKOMMNISSE

Unser Urlaub in Griechenland fiel in die heiße Phase des Bundestagswahlkampfes 2002. Am Tag der Wahl waren wir wieder zu Hause und erwarteten mit Spannung das Ergebnis.

Bei diesem Wahlkampf gab es im deutschen Fernsehen zum ersten Mal ein Fernsehduell der Kandidaten nach amerikanischem Vorbild. Amtsinhaber Gerhard Schröder musste sich verbal gegen seinen Widersacher Edmund Stoiber behaupten. Da ich aus dem konservativen Süden stamme, wird es nicht verwundern, dass mein politisches Herz in diesem Wahlkampf für den damaligen Herausforderer schlug.

Es gab zwei heiße Themen in diesem Wettbewerb, die wirtschaftliche Situation in Deutschland, besonders die Arbeitslosigkeit, und die herannahende amerikanische Irakintervention. Nach seinem Wahlsieg 1998 über den langjährigen Bundeskanzler Kohl war Schröder an der Seite Oskar Lafontaines, damals SPD-Vorsitzender, vor das Volk getreten und hatte verkündet, eine „signifikante Reduzierung der Arbeitslosenzahl unter 3,5 Millionen" müsse die Messlatte für seine Wiederwahl 2002 sein. Die Zahl der Arbeitslosen stieg von 1998 bis 2002 allerdings auf 4,2 Millionen. Diese „Kanzlerduell-Sendungen" verfolgten wir mit Interesse und Neugier, denn ein solches Format hatte es in der deutschen Fernsehlandschaft bis dato nicht gegeben.

Es heißt, John F. Kennedy hätte seine Wahl 1961 gegen Richard Nixon wegen seiner Telegenität gewonnen. Während man Nixon vor den Fernsehauftritten schminken musste, bestach JFK durch Charme, jugendlichen Elan und seinen braungebrannten Teint.

Doch 40 Jahre Fernseherfahrung trennten die deutschen Protagonisten und ihre Auftritte im deutschen Fernsehen von den Amerikanern. Warum zum Beispiel trat Herausforderer Stoiber nicht einmal neben den Amtsinhaber in den Lichtkegel? Da er Schröder weit überragte, hätte er wahrscheinlich eine bessere Figur gemacht. Wie blass wirkten unsere Kanzlerdarsteller im Vergleich zu den erfahrenen TV-Duellanten in den USA? War das edle Blässe als Zeichen dafür, wie sehr sich die Kontrahenten in ihren Ämtern aufrieben? (Nebenbei: Haindling schrieb auf diese öffentliche Darstellung eines Kandidaten und seiner Partei wohl das Lied „Hutzlmandl". Anhören empfohlen.)

Der Kanzler wiederum gab eine Worthülse nach der anderen von sich, die er wie eine Lego-Burg um sich herum auftürmte. Inhalte? Wirtschaft ankurbeln ohne Steuererhöhungen, Maastrichtkriterien wieder einhalten und „kein Krieg" – das waren verkürzt die Botschaften des späteren Hochwasser-Gewinnlers, wie ihn viele nach der Wahl nannten. In der Tat waren die Meinungsumfragen bis kurz vor dem Jahrhunderthochwasser an der Elbe von einem Sieg des Herausforderers ausgegangen. Zu schlecht waren die wirtschaftlichen Daten, zu zahlreich die Ausreden für inhaltliches Versagen der Politik.

Die Debatten verfolgten wir gespannt vom Hotel-TV aus. Mich wunderte, wie unverfroren Schröder Stoiber ins

Wort fiel und ihn bezichtigte, Haushaltskonsolidierung nur durch Steuererhöhungen finanzieren zu wollen und zu können, während das mit ihm nicht zu machen sei.

Wenn Sie einmal ein Beispiel für Debattenkultur sehen wollen, gönnen Sie sich einen Ausflug zu YouTube und schauen Sie sich die mehrteilige Aufzeichnung einer „Elefantenrunde" vor der Bundestagswahl 1980 in ARD und ZDF an. Dort beharkten sich Franz Josef Strauß, Helmut Kohl, Helmut Schmidt und Hans-Dietrich Genscher. Sensationell, wie politische Debatten im Fernsehen damals geführt werden konnten. Selbst kontroverse Themen wurden debattiert, ohne dass die Diskussionsteilnehmer einander ins Wort gefallen waren. Man machte sich Notizen, um auf die Vorrede zu entgegnen, und ließ den anderen in der Regel ausreden. Bei heutigen TV-Sendungen scheint das unvorstellbar zu sein. Wenn nicht der eine Diskutant den anderen unterbricht, erledigt das sicher einer der Moderatoren.

Wenn wir im Ausland sind, lese ich gerne die dortigen Zeitungen; das ist für mich wie ein aufschlussreicher Blick durch eine andere Brille. In Griechenland vertieften wir uns oft in die *International Herald Tribune*, deren Redakteure und Kommentatoren dem Wahlkampf in Deutschland seitenfüllende Aufmerksamkeit widmeten. Begleitet wurde die Berichterstattung von Leserbriefen, unter anderem sogar namhafter US-Senatoren.

Ob die politischen Berater der deutschen Wahlkämpfer auch den Blick von außen auf das eigene Land wagten, weiß ich nicht. Hätten sie es mit mehr Enthusiasmus getan, wäre eine Diskussion, die erst etwa sechs Monate später in Deutschland hochschwappte, vorweggenommen worden und die Wahl wäre wohl anders ausgegangen. In Deutschland hätte man sie antizipieren und darauf reagieren können.

Stoibers komplizierte und dem Wahlvolk schwer vermittelbare Position zum Irakkrieg – er wollte ein UN-Mandat, das aber nicht in Sicht war – wurde in der amerikanischen Presse als „Wischiwaschi" charakterisiert. Umfrageergebnisse stützten dies. Während 50 % der Deutschen gegen den Krieg waren, befürworteten 45 % einen Militäreinsatz mit UN-Mandat gegen das damalige diktatorische Regime in Bagdad. Weitere 4 % meinten sogar, man müsse, wie letztlich geschehen, auch ohne UN-Mandat gegen Saddam Hussein zu Felde ziehen. Eine Stimmungslage in der Bevölkerung in Deutschland also, die jedenfalls bei 50:49 Stimmung in dieser Frage eine entschlossene Haltung und einen Kontrapunkt durch den Herausforderer verdient gehabt hätte, statt der in den USA als „Wischiwaschi" bezeichneten Position.

Argumente lieferten zudem die genannten Kommentatoren und Leserbriefschreiber, die offen diskutierten, das amerikanische Militär von den Stützpunkten in Deutschland abzuziehen, dem Boden des ehemals wichtigsten Verbündeten in Europa, denn das Verhalten der Bundesregierung verdiene keine milliardenschwere Stützung der Binnenkonjunktur durch die amerikanischen Soldaten. Hört, hört!

Die Beziehungen zu den USA haben Schaden genommen. Im Zuge der Osterweiterung der Europäischen Union waren Rumänien und Polen erste Kandidaten für neue Stützpunkte – mit oder ohne Raketenschirm, den George W. Bush einführen wollte und von dem sich die USA mit Barack Obama an der Spitze Jahre später distanzierten. Es kam nach 2002 zu Stilllegungen von mindestens 27 Stützpunkten der US-Streitkräfte auf deutschem Boden und entsprechenden Truppenverlegungen.

Übrigens: Was nach der Bundestagswahl 2002 geschah, verwunderte kaum: Die alte und neue SPD-geführte Bundesregierung erzeugte die höchste Neuverschuldung des Landes überhaupt.

„Ein kluger Herrscher kann und darf daher sein Wort nicht halten, wenn ihm dies zum Nachteil gereicht ... die Menschen sind so einfältig und gehorchen so sehr den Bedürfnissen des Augenblicks, dass derjenige, welcher betrügt, stets einen finden wird, der sich betrügen lässt." (Niccolò Machiavelli, *Il Principe* (Der Fürst), Reclam, 2003, Seite 137) Dieser Satz aus dem Jahr 1532 hat seine volle Gültigkeit in diesem Wahlkampf 470 Jahre später bestätigt und auch 474, 478 und 482 Jahre später ...

P.S.: Es sage noch jemand, dass sich Geschichte nicht wiederholt. Die Wirbelstürme über der Ostküste der USA im Oktober 2012 mit dramatischen Überschwemmungen in und um New York scheinen erneut einen Hochwasser-Gewinnler hervorzubringen. Im Präsidentschaftswahlkampf in den USA hat sich Michael Bloomberg, Bürgermeister von New York, für Obamas Wiederwahl starkgemacht.

370 000 Euro

Wir ertrinken in der Medienvielfalt. Den wenigsten von uns wurde das Schwimmen in diesen rauschenden Fluten der Reizüberflutung beigebracht. So verwundert die Erkenntnis nicht, dass wir durch Fernsehen und Werbung manipuliert werden können. Oder? Wie viel oder wie wenig Reflexion ist denn überhaupt noch vorhanden, um sich dieses Umstandes bewusst zu werden?

Anfang 2004 meldeten Nachrichtenagenturen, ein Kind bis zu dessen 18. Lebensjahr großzuziehen koste die Eltern 370 000 Euro. Kinder zu bekommen und großzuziehen stelle einen Armutsfaktor dar. Viele Kinder müssten von Sozialhilfe leben.

Mittlerweile haben schon Kabarettisten den Umstand der Geburtenschwäche in Mitteleuropa, insbesondere in Deutschland aufgegriffen und der Geburtenstärke anderer Nationen gegenübergestellt; Zuwanderer aus diesen Nationen würden bald de facto das Sagen in Deutschland haben, denn die deutschen Frauen bekämen zu wenig Kinder – die Deutschen stürben aus. Dabei ist das Thema für Kabarett eigentlich zu ernst, auch wenn man über fast alles lachen kann.

Was hindert uns denn, die Instrumente der Zeit zu nutzen? Was hindert uns daran, für Kinder „Werbung zu machen"?

Lassen Sie uns aus der Not eine Tugend machen und die Chancen einer breit angelegten Werbekampagne für Kinder ergreifen!

Wenn es uns gelingt, dass der soziale Status von Familien, Frauen und Männern statt an der Größe des Automobils am Gedeihen ihrer Kinder abzulesen ist, dann dürften in 25 Jahren wohl auch neue Rentenformeln aufgestellt werden. Das ist nur ein Aspekt, es gibt noch mehr, wie uns Frankreich mit deutlich höheren Geburtenraten vormacht.

THERMOSKANNEN-TANGO

Je mehr Thermoskannen mit Tee oder Kaffee bei einer Veranstaltung parat stehen, desto intensiver wird der Tango, den die Teilnehmer um diese Kannen aufs Parkett oder den Hotelteppich legen. Zu Beginn der Verköstigung bilden sich meist Menschentrauben um das heiße Aufbrühgetränk, und wer aus der Masse der Wartenden eine Kanne zu fassen kriegt, schenkt sich oder je nach Veranlagung erst seiner Tischnachbarin und dann sich ein. Das führt in kürzester Zeit zu ganz unterschiedlichen Füllständen in den einzelnen Thermoskannen, die mehr oder weniger ordentlich verschlossen über die Flächen der Anrichten und Bistrotische verstreut zurückgestellt werden.

Wer später an den Ort des Geschehens kommt oder sich nachschenken möchte, legt unweigerlich eine „flotte Sohle" aufs Parkett. Da werden die Kannen hochgehoben, aufgeschraubt, bis die zwei Tropfen des restlichen Inhalts gerade den Tassenboden benetzen; da werden Kannen geschüttelt und ans Ohr gehalten, bis die vorletzte Kanne, die an einem anderen Tisch abgestellt wurde, endlich noch so viel von sich gibt, dass eine Tasse gefüllt werden kann – oder auch gerade nicht mehr.

Dabei gibt es einen einfachen Trick, auf den mich mein niederländischer Coachingausbilder aufmerksam machte, ein allgemeinverständliches Signal, das den Teilnehmern und dem Service bedeutet: „Diese Kanne ist leer."

Nehmen Sie einfach den Deckel von der leeren Kanne ab und legen Sie ihn daneben. Das erlaubt auch eine bessere Restentleerung und Sie ersparen dem Service, der für Nachschub sorgen will, den Tanz um die halb leeren oder fast leeren Kannen. Ich lade Sie ein, das mal auszuprobieren!

TOLL COLLECT

Deutsche Präzision, deutsches Ingenieurwesen – viele bedeutende Entwicklungen gründen ihren Erfolg auf Tugenden, die mit diesen Begriffen verbunden sind. Präzision muss allerdings immer im Kontext des Zwecks gesehen werden, der erfüllt werden soll. Das bedeutet auch, dass ein elektrischer Torschließer oder ein Briefkasten nicht mit der Präzision einer Atomanlage gebaut werden muss.

Bei dem Wort „Toll" erinnere ich mich regelmäßig an Dr. habil. Erwin Immler, der uns auf den Wortsinn verschiedener Begriffe aufmerksam gemacht hatte und der leider viel zu früh aufgehört hat, Rhetorikkurse zu geben. „Toll" bedeutet nach dem ursprünglichen Sinn des Wortes so viel wie „geistesgestört, besessen, schizophren, verwirrt, tollwütig". Dass es heutzutage gedankenlos als positiv konotiertes Adjektiv verwendet wird, ändert daran wenig.

Ich hatte die Freude, Anfang der Neunziger einen Kurs bei ihm zu besuchen. Dr. Immler ist ein Schüler von Konrad Lorenz. In Verhaltensbiologie ist er sozusagen „in der Wolle gefärbt". Er war auch einer der Redenschreiber von Franz Josef Strauß.

Erinnern Sie sich vielleicht noch an Strauß' Rede im Deutschen Bundestag, in der er den Schuldenberg der Regierung Helmut Schmidt und die Neuverschuldung aus dem Jahr 1979 in Höhe von 35 Milliarden Mark in den höchsten Berg Deutschlands und anschließend in Eisenbahnwaggons umrechnete?

Die Stilmittel dieser Rede bringe ich unweigerlich mit Erwin Immler in Verbindung. Vielleicht haben Sie die Chance, die historische Rede auf Phoenix oder YouTube erneut anzuschauen.

Rhetorik hat für mich seither etwas damit zu tun, „das Maul aufzubringen". Haben Sie sich schon einmal die Mühe gemacht, anderen beim Reden auf den Mund zu schauen? Wie viele schmallippige, nuschelnde und den Mund kaum öffnende Redner haben Sie schon beobachtet?

Dazu kommt der Verfall des aktiven Wortschatzes bei den Menschen. Anglizismen auf der einen Seite und Stilarmut auf der anderen, das sind leider Erkennungszeichen vieler Redner heute. Mit dem dahinschwindenden aktiven Wortschatz geht auch das Sprachgefühl, das Bewusstsein für das richtige Wort, verloren.

Seit dem Seminar bei Erwin Immler habe ich das Wort „toll" jedenfalls aus meinem aktiven Wortschatz weitestgehend verbannt.

Auch in Deutschland ist das Sprachgefühl spürbaren Veränderungen unterworfen, und so verwundert es kaum, dass für ein elektronisches Mautabrechnungssystem statt wie wohl in den 80ern eine Abkürzung wie z. B. „EMS" (für Elektronisches Maut System) oder „EMAS" (für Elektronisches Maut Abrechnungssystem) zu Beginn des 21. Jahrhunderts ein Anglizismus zum Zuge kommt, und zwar gleich ein komplett dem Englischen entlehnter Begriff „toll collect" für „den Beitrag oder die Steuer einsammeln".

Die Probleme bei der Einführung des Mautsystems resultierten auch aus dem Anforderungskatalog des Innenministeriums an diese über die Autobahnen gespannten Brücken. Ein Mitarbeiter von Daimler plauderte mir gegenüber mal aus dem Nähkästchen: die Erfassung aller möglichen Fahrzeugdaten bis hin zur Gesichtserkennung und Abtastung der Iris der Insassen auf den vorderen Plätzen. Ob die Verantwortlichen beim Konsortium „Toll Collect" bei der Namenswahl ahnten, wie nahe ihr Produkt dem ursprünglichen Wortsinn kommen würde?

P.S.: Nachdem Felix Baumgartner 2012 seinen Rekordsprung aus 39 Kilometer Höhe absolviert hat, haben wir eine Vorstellung davon, wie hoch ein Schuldenberg nach Franz Josef Strauß' Berechnung aufragen dürfte. Strauß hatte zur Haushaltsdebatte über den Bundeshaushalt 1979 Folgendes vorgerechnet: Der Schuldenzuwachs desselben Jahres um 35 Milliarden Mark ergebe in aufeinandergestapelten 100-Mark-Scheinen einen „Schuldenberg" von 35 Kilometern Höhe. Das Papiergewicht belaufe sich auf 28 000 Tonnen. Zum Transport dieser Summe hätte es 120 Güterzügen bedurft. Die Rechnung in der heutigen Zeit, in der die Bundespolitiker mit den Milliarden nur noch um sich werfen, würde mich interessieren.

TWIN TICKET

Aufgrund der Lehren, die die Väter und Mütter des Grundgesetzes aus der Machtfülle des Reichspräsidenten der Weimarer Republik zogen, hat der Bundespräsident der Bundesrepublik de facto nur noch repräsentative Aufgaben. De jure ernennt und entlässt er zwar die Bundesregierung, Bundesrichter und -beamten und unterzeichnet die Gesetze, die erst nach seiner Unterschrift im Bundesgesetzblatt veröffentlicht werden. Inhaltlich sind dem Amt aber enge Grenzen gesetzt.

Der Bundespräsident hat die Aufgabe, den Staat nach außen zu repräsentieren und nach innen durch Beiträge zu wirken. Das geschieht je nach Persönlichkeit des Amtsinhabers mal mehr, mal weniger überzeugend. In der Geschichte der Bundesrepublik waren rhetorische Höhen und Tiefen der jeweiligen Amtsinhaber zu beobachten und die Festlegung auf eine Person vor der Abstimmung in der Bundesversammlung hat manches Mal Unmut in der Bevölkerung erzeugt. Da werde mit dem höchsten Amt im Staate geschachert oder gekungelt. Da solle einem Politiker ein Posten fürs Alter zugeschustert werden. Zur Bundespräsidentenwahl 1999 trat neben dem langjährigen Ministerpräsidenten Johannes Rau die weitgehend unbekannte ostdeutsche Professorin Dagmar Schipanski an. Wegen der eindeutigen Mehrheitsverhältnisse in der Bundesversammlung war jedoch klar, dass Rau Bundespräsident werden würde.

Das brachte den Senior unserer Kanzlei auf eine Idee. Konnte man nicht die Kompetenzen bündeln („twin ticket")? Wie wäre es, West und Ost, Mann und Frau, der eine politisch erfahren, die andere unverbraucht und wissenschaftlich beschlagen, zusammenzubringen? Das hätte natürlich auch bedeutet, das Grundgesetz anzupassen, denn einen Vizepräsidenten sieht unsere Verfassung nicht vor. Also hieß es vorzufühlen, Meinungen einzuholen bei denen, die in der ersten Reihe der Entscheidungsträger standen – „Temperatur nehmen".

Bundesratspräsident war zu dieser Zeit Bernhard Vogel, damals Thüringens Ministerpräsident. Mit einem seiner engsten Mitarbeiter kamen wir schnell ins Gespräch und wussten aus den Telefonaten, dass unsere Idee angekommen und – mindestens ebenso wichtig – verstanden worden war. Unser Dossier lag in Erfurt schon vor, und so warteten wir auf die Rückmeldung, jederzeit bereit, selbst dorthin zu fahren, um diese Idee an den Mann und die Frau zu bringen.

Dabei hofften wir, dass uns ein bestimmter Umstand zugutekommen würde. Bundesratspräsident Vogel war nämlich in derselben Partei wie die gescheiterte Kandidatin. Das „twin ticket" schien uns besonderen Charme zu haben. Unter anderem glaubten wir, ein Unionsministerpräsident könne sich nicht sehenden Auges einer Option verschließen, die es „seiner" Kandidatin ermöglicht hätte, mitzuwirken und ihre gepriesenen Qualifikationen, all die positiven Aspekte in das neu zu schaffende Amt des Vizepräsidenten einzubringen, derer sie im Bewerb gelobt worden war. Die Beförderung der „innerdeutschen

Ost-West-Beziehungen" erschien uns ein weiteres lohnendes Ziel, quasi ein zwangsläufiger Nebeneffekt der Umsetzung dieser integrativen Maßnahme.

Dass man im Büro des Ministerpräsidenten in Thüringen diese Aspekte verstanden habe, wurde uns mehrfach versichert. Die Enttäuschung in der Stimme des Mitarbeiters, der offenbar mehrere Nächte mit der Idee schwanger gegangen war, glaubte ich durch die Telefonleitung zu hören. Der Herr Ministerpräsident wolle dem Vorschlag nicht nähertreten, denn die Vertretung des Bundespräsidenten sei nach der Verfassung bereits durch den Bundesratspräsidenten geregelt.

Oje! Die Angst, etwas weggenommen zu bekommen, ist in unserem Land ganz tief verwurzelt und in den höchsten Ämtern vorhanden. Sie kommt gleich nach der Angst, unter der Brücke schlafen zu müssen.

Mit einer rein formal begründeten Ablehnung, wie wir sie sonst nur aus unserem Berufsstand kennen, hatten wir nicht gerechnet. Unser Dossier von damals liegt sicher in einem der Aktenschränke, mittlerweile wohl im Keller der Staatskanzlei, und ich erinnerte mich daran, als 2004 bei der Bundespräsidentenwahl wieder zwei Bewerber in einer ähnlichen Konstellation aufeinandertrafen: Mann – Frau, West – Ost, erfahrener Politiker – Wissenschaftlerin. Wie damals hätte ich mir gewünscht, die Außenseiterin hätte das Rennen gemacht.

Die Kandidatenfindung war auch dieses Mal etwas skurril. Nach dem Hin und Her, wer als Kandidat bei der Mehrheitsfraktion in Frage käme, vor dem Hintergrund der Mehrheitsverhältnisse eine Frage von präelektoraler Wirkung, kamen zwei Kandidaten zum Zuge, die eher als

Externe angesehen werden konnten. Die Bewerberin kam aus der Wissenschaft, der spätere Wahlsieger hatte seinen Schwerpunkt trotz seiner politischen Erfahrungen in der Wirtschaft.

Es bleibt zu hoffen, dass externe Kompetenzen dauerhaft eine größere Rolle in der Politik zugebilligt bekommen. Sonst geht es mit dem Interesse der Menschen an politischen Abläufen und insbesondere der Wahlbeteiligung weiter bergab. Wie meinte der bekannte Politikwissenschaftler Prof. Jürgen Falter in einem Fernsehinterview zutreffend: Die Akzeptanz der Politiker hänge auch von deren Lebensläufen ab. Wer seit seinem 14. Lebensjahr an einer Parteikarriere bastelt, ist spätestens dann, wenn er oder sie in ein solches politisches Amt kommt, schon angepasst und weichgespült. Persönlichkeiten sind da schwer zu finden und werden von den Parteien auch zu selten nachgefragt. Doch das ist eine andere Geschichte.

„SO WAS TRÄGT MAN HEUTE NICHT MEHR"

Ich habe begonnen, mit meiner Frau zusammen das Allgäu zu entdecken. Das klingt verwunderlich, bin ich
doch nur eine Autostunde weiter nördlich aufgewachsen
und erst nach meinem ersten Staatsexamen dorthin gezogen.

Erst mit 30 habe ich das Skifahren begonnen, mit
dem Rad die Gegend erkundet und mein geografisches
Interessengebiet nach Süden ausgedehnt, aber zunächst
noch nicht über die Alpen hinaus. Städte und Dörfer
rund um den Bodensee sowie Füssen und Kempten sind
einige Orte, die ich seither besonders gerne besuche.

Bei einem Besuch eines großen Einkaufszentrums in
Kempten ging ich in ein namhaftes Parfümeriegeschäft
und begab mich auf die Suche nach einem Herrenduft. Es
war Anfang August. Eine freundliche blonde, jugendliche
Fachkraft begann mich zu beraten. Die ersten Düfte, die
sie mir vorstellte, waren blumig, sommerlich, fruchtig,
leicht, schnell verfliegend, „nichtssagend" und erzeugten
keinerlei Begeisterung bei mir.

Als ich ihr schilderte, welche Düfte ich bisher gerne ge-
tragen hatte, meinte sie erfrischend ehrlich und schlicht:
„So was trägt man heute nicht mehr." Ach, so ist das. Gibt
es einen „Duft-Mainstream"?

Hinzu kommt, dass es außer Gerüchen wohl kaum
etwas gibt, dem man sich nicht entziehen kann. Bei der

Auswahl eines Duftes bin ich deshalb besonders abwägend, prüfend und vorsichtig. Warum eigentlich?

Mit dem Duft, der mich umgibt, mache ich mich auf besonders intensive Art und Weise wahrnehmbar, mache auf mich aufmerksam. Ich beziehe auf eine ganz eigentümliche Art Position, bin nicht mehr neutral, unsichtbar, sondern positioniert, ja manches Mal sogar „verfolgbar", zumindest für eine Sekunde oder ein wenig mehr.

Die Wirkung von Gerüchen habe ich auf einer Geburtstagsfeier eines Freundes mit meiner Tischnachbarin diskutiert. Wir beide kochen gerne. Im Gegensatz zu ihr setze ich beim Kochen auch gerne Knoblauch ein, in Kenntnis sowohl der positiven medizinischen Wirkungen des Knollengewächses als auch des strengen Geruches. Ich gebe zu, ich nehme da weniger Rücksicht auf meine Umwelt, was die geruchlichen Auswirkungen dieses Gewürzes angeht. Es schmeckt mir eben. Das führte schon dazu, dass bei Besprechungen im Büro einer freundlichen Anwaltskollegin plötzlich hastig das Fenster geöffnet wurde, bis sie mir eröffnete, dass sie meine Kochleidenschaft kenne, mit dem Geruch aber ihre Probleme habe. Daraufhin habe ich, wenn Besprechungen mit ihr anstanden, meinen Knoblauchkonsum eingeschränkt.

Ein wöchentliches Nachrichtenmagazin hatte berichtet, ein großes Autohaus einer bedeutenden Marke aus Baden-Württemberg habe in einer Münchner Filiale ausschließlich Fahrzeuge in der Farbe Silber ausgestellt. Eine Farbpsychologin war befragt worden, warum gerade diese Farbe bei Autofahrern so beliebt sei. Die Antwort fand ich recht interessant: Nach dem großen Börsencrash am

Neuen Markt hätten viele Menschen, die meinten, Geld zu verdienen ginge ganz von alleine und Vermögen verdopple sich im Rhythmus der Quartalsberichte, enorme Summen verloren. Daher sei nun Understatement angesagt und Silber dafür eine ideale Farbe, denn sie sei nahezu neutral, was die hohe Präsenz von Fahrzeugen dieser Farbe erkläre.

So wundere ich mich weniger, wenn ich bei den Herrendüften nach jenen frage, die „man heute nicht mehr trägt". Übrigens habe ich mich dann für eine kraftvolle Duftnote aus Flieder und Weihrauch entschieden, die wir nach längerem Suchen gefunden haben.

P.S.: Die bisher treffendste und humorvollste Beschreibung des Zusammenhangs von Herrendüften, dem vomeronasalen Organ und Partnerwahl habe ich bei Dr. Eckart von Hirschhausen in dessen Sprechstunde gehört. Um Leute, die man „nicht riechen kann", und Menschen, die wir „dufte" finden, geht es darin und die Absurdität, den eigenen Körpergeruch mit Parfum zu übertünchen. Nun ja, es gab zu meinen Studentenzeiten auch Kommilitoninnen und Kommilitonen, denen ich wegen ihres durchdringenden Geruchs eine Kernseife schenken wollte. In der Mehrzahl der Fälle waren es allerdings die raumgreifenden Düfte der jungen Damen, die den Hörsaal durchwaberten und die Aufmerksamkeit auf den Vorlesungsstoff erschwerten.

ANDERE KULTUREN

Kulturübergreifende Erfahrungen, „Cross-cultural"-Erlebnisse also, üben eine besondere Faszination auf mich aus: zu sehen und zu erleben, wie Menschen in anderen Regionen der Welt leben und wie das Zusammentreffen mit der europäischen Kultur Gestalt annimmt.

Hier habe ich mich von unserem Senior inspirieren lassen, der mehr als 40 Jahre gestaltend in Europa, Afrika, Amerika und Asien tätig war und zu vielen Fragen im Kontext zu anderen Kulturräumen, die sich mir in meiner entdeckerischen Neugierde stellten, eine Anekdote beizusteuern wusste. Von ihm hatte ich auch das Buch „Verborgene Signale" ausgeliehen, das ein namhafter Verlag herausgegeben hat, um seine Verkäufer, Anzeigenwerber und Akquisiteure auf den korrekten Umgang mit den Menschen im fremden Land sowohl auf geschäftlichem als auch auf privatem Parkett vorzubereiten. Darin wird zum Beispiel beschrieben, dass Sie die Bedeutung ihres Gesprächspartners in Frankreich und den USA an ganz konträr architektonisch angeordneten Büros erkennen können. Laut diesem Buch ist es auch ein absoluter Fehltritt, ein Übergriff in das Intimleben des Gastgebers, ein „Fauxpas" eben, wenn Sie (wie bei uns nicht unüblich) auf Einladung des Gastgebers bei einem Rundgang durch sein Zuhause einen Fuß ins Schlafzimmer der Einladenden setzen, selbst wenn man Ihnen das anbietet. Es genügt, wenn Sie im Türrahmen stehen bleiben und von dort aus

Worte der Anerkennung finden. Bedauerlicherweise ist das Buch vergriffen und wird auch nicht wieder aufgelegt.

Ein ähnlich interessantes Buch habe ich in den Vereinigten Arabischen Emiraten erworben, mit dem etwas merkwürdig erscheinenden Titel „Wissen die denn nicht, dass heute Freitag ist?". Was um Himmels willen ist an einem Freitag denn besonders, außer dass man in manchen katholisch geprägten Gegenden auf jeglichen Fleischkonsum verzichtet (auf den Alkohol eher weniger)?

So machte ich erste Bekanntschaft mit dem religiös geprägten Kulturraum des Nahen Ostens. Freitag ist dort der Feiertag, dessen Rang und Bedeutung mit dem des europäischen Sonntags vergleichbar ist. Familien kommen an diesem Tag zu gemeinsamen Essen, Unternehmungen, Ausflügen oder Veranstaltungen zusammen. Familie hat eine besonders hohe Bedeutung dort; Kinder und Heirat übrigens auch. Es gehört zum guten Ton und zum gesellschaftlichen Standard, zu heiraten, eine Familie aufzubauen, Kinder großzuziehen. Der Zusammenhalt über die Generationen ist stark und tief verwurzelt. Die Staatsform ist im besten Sinne des Wortes konservativ.

Abgesehen davon verstehen die dortigen Staatslenker ihr Regierungs-„Handwerk", dessen Grundlage sie auch auf namhaften Universitäten in Europa und Amerika gelernt haben. Volkswirtschaftliches Denken und Handeln ist dort eine Selbstverständlichkeit, während bei uns Pastoren Verkehrsminister, Deutschlehrer Finanzminister und Taxifahrer mit extremistischer Vergangenheit Außenminister werden konnten. Von einem Umweltminister und einer ehemaligen Landwirtschaftsministerin möchte ich schweigen.

Sehen Sie einen Unterschied? Dort wird das Land wie ein Unternehmen gelenkt und sich wandelnden Anforderungen angepasst, während hier die Verantwortlichen die Gestaltung des Zusammenlebens, die Politik im eigentlichen Wortsinn, zu einem dekadenten Entertainment verformt haben. Der gestalterische politische Horizont ist in Deutschland schon lange weit unter den Zeitrahmen einer Wahlperiode gesunken. Heute geht es um die nächste Schlagzeile, und die sendet das Nachrichtenradio mittlerweile alle 15 Minuten.

In diesem Zusammenhang bieten die Bücher der „Rich Dad, Poor Dad"-Serie von Robert T. Kiyosaki einen wertvollen Kontrapunkt, jedenfalls für die Wirtschafts-, Finanz- und Kultuspolitik. Wieso Letztere? Weil unseren Kindern bisher noch nirgendwo an staatlichen Schulen oder Universitäten der richtige Umgang mit Geld und die Befreiung aus dem Hamsterrad, in dem 96 % der Bevölkerung rundlaufen, beigebracht wurde. Wen wundert es, dass auch Politiker, die dieses Schulsystem durchlaufen haben und mehr oder weniger „gute Abschlüsse" mitbringen, als Politiker an den Herkulesaufgaben vergangener Generationen scheitern.

Es ist bekannt, dass in einigen Emiraten die Reserven an Erdöl, dem „flüssigen Gold", zur Neige gehen. Es wird damit gerechnet, dass nach heutiger Kenntnis zwischen dem Jahr 2025 und 2100 das letzte Fass abgefüllt sein wird. Schon seit 20 Jahren gestalten die Staatslenker ihre Emirate ganz bewusst um. Tourismus, Gesundheitsvorsorge und Wellness sind neben Immobilien neue Standbeine, die überlegt und konzentriert forciert und ausgebaut werden. Dabei gelingt es dem Gemeinwesen, Metropolen in einem stabilen sozialen Gleichgewicht zu halten, die einen Ausländeranteil von 80 % – Sie lesen richtig: achtzig Prozent – aufweisen.

Ein Zusammenleben in einem solchen sozialen Kontext mit so hohem Ausländeranteil kann nur bei gegenseitigem persönlichem und kulturellem Respekt funktionieren, den die mitbringen, die aus vielen Ländern rund um den Globus stammen.

Weshalb legen so wenig Europäer diesen Respekt vor der anderen Kultur an den Tag? Sicher auch, weil sie niemand zu Hause darauf aufmerksam macht. Kabarettist Harald Schmidt hat den Begriff der „Stachelbeerbeine" der deutschen Männer in kurzen Hosen auf öffentlichen Straßen und Plätzen geprägt. Den mitschwingenden Sinn seiner Botschaft hat die Mehrzahl seines Publikums beim Lachen wohl gar nicht registriert. In einer regionalen Tageszeitung versuchte ein Leitartikler, eine ähnliche Botschaft zu verkünden. Die weißen Socken in Sandalen, die viele Männer gern tragen, hatten seine Aufmerksamkeit erregt. Leider ohne nachhaltigen Erfolg verwies er auf das Büchlein „Kleines SØR-Brevier der Kleidungskultur: Der Ratgeber für den Herrn". Doch nicht einmal der Herrenausstatter, den ich damals regelmäßig aufsuchte, griff den Impuls auf, dieses Büchlein in seinem Geschäft aufzulegen, obwohl es dafür eine wahrlich aufgeschlossene Klientel gibt.

Zusammenleben, Lebensform, Anstand, Sitte, Zivilisation, Bildung, Humanität, Verfeinerung, Erziehung, Haltung, Benehmen, Betragen, Brauchtum, Geschmack, Gesellschaftsform, allesamt Aspekte von Kultur. Welche Rolle geben wir diesen in unserem täglichen Leben?

In Dubai sahen wir viele junge Frauen, die ein traditionelles schwarzes Gewand und darunter Bluejeans trugen. Tradition und Moderne waren hier auf harmonische Weise vereint unter der schützenden Hand des gesellschaftlichen Konsenses. Obwohl sie zu Hause oft legere Kleidung tragen, richteten sich diese jungen Frauen nach gesellschaftlichen Normen. Rücksicht ist eine besondere Tugend.

Rücksicht auf die eigene Kultur setzt einen Wertekonsens voraus, Rücksicht auf die Kultur eines anderen Landes nur eine ordentliche Kinderstube. Wer mit ärmellosen Shirts, kurzen Hosen, Sandaletten oder Miniröcken, mit tief ausgeschnittenen Oberteilen oder freiem Rücken in arabischen Ländern in die Öffentlichkeit tritt, sollte sich zu Hause einmal ernsthaft prüfen, ob er oder sie das wirklich (und damit sich selbst) „zu Markte tragen" will. In jedem Sommer fällt mir auch zu Hause immer wieder auf, dass die arabische Bekleidungskultur auch etwas sehr Ästhetisches hat.

WÜNSCHE ZUM GEBURTSTAG

Erinnern Sie sich noch an einige Ihrer Wünsche zum Geburtstag, als Sie Kind oder Jugendlicher waren? Ich erinnere mich nur, dass die Wunschzettel ziemlich lang waren. Kein Wunder, ich bin im wirtschaftlichen Aufschwung groß geworden. Die gesamte Kindheit und Jugendzeit war weitestgehend frei von finanziellen Fragezeichen.

Heute schmunzle ich über die Wunschzettel meiner eigenen Kinder. Sie wenden eine Technik der Visualisierung an, schneiden gleich die entsprechenden Bilder der Wünsche aus Broschüren und Katalogen aus und kleben sie in ein Wünschebuch oder auf einen großen Bogen Papier.

Meinen letzten runden Geburtstag habe ich im kleinen Kreis gefeiert. Keine Festivität mit Schulfreunden und Bekannten – das war früher schon mal anders. Zu meinem 18. Geburtstag gab es ein bombastisches Fest, damals zu Hause am Riesrand. Zusammen mit Freunden und Bekannten meiner Eltern (man hatte eine damals jährliche Einladung mit dem Geburtstagswochenende zusammengelegt) war fast die gesamte Schulklasse zu Gast. Bei herrlich frischen Speisen vom Grill an diesem warmen Juliabend gab es reichlich zu trinken und pünktlich zur Mitternachtsstunde überreichte mir zu meiner großen Überraschung der damalige Bürgermeister der Gemeinde den Führerschein. Das war ein Ereignis!

Zwanzig und ein paar Jahre später haben sich die Wünsche zum Geburtstag und die Gestaltung des Festes deutlich gewandelt. Mit Frau und Kindern einen ruhigen Tag verbringen, mit lieben Menschen im kleinen Kreis zusammen sein, das steht heute im Vordergrund. Eines der schönsten Geburtstagsgeschenke bekam ich an einem Geburtstagsmorgen am Bodensee: eine große Schüssel voller frischer Erdbeeren.

Nun ja, nicht dass die Wünsche abhandengekommen wären. Ein schicker Sportwagen aus einer edlen Manufaktur im Elsass, dafür könnte ich mich schon noch begeistern. Aber das ist ein Wunsch, der eher im „Stand-by" mitläuft. Materielle Dinge sind mir heute nicht mehr so wichtig. Dinge und Erlebnisse, die Freude bereiten und ein Nachschwingen, eine Bedeutung haben, die Wahrnehmung von dem, was Freundschaft wirklich ausmacht – all das ist in den Vordergrund getreten. Und ich erinnere mich an den Satz: „Hüte dich vor Menschen, die viele Freunde haben."

P.S.: Kollegen sind in den seltensten Fällen Freunde. Einer meiner Kollegen hatte mich am Telefon beschimpft und sich beklagt: „Ich dachte, wir sind befreundet." Das war eine Fehlinterpretation. Ich war rasch zu der Erkenntnis gekommen, dass dieser Kollege, der sympathisch wirkte und die Begabung hatte, Menschen für sich zu begeistern, kriminell unterwegs gewesen war. Davon hatte ich mich distanziert. Aus dem gemeinsamen Konsum von Champagner erwächst noch lange keine Freundschaft. Dazu braucht es mehr!

VOLLBESCHÄFTIGUNG

Im Frühjahr 2005 wurde für Deutschland die Arbeitslosenzahl wieder nach oben „korrigiert", 4,5 Millionen waren es zum Jahresbeginn. Das „Stabilitätsgesetz" kam mir bei diesen Zahlen wieder in den Sinn; man mag es ein Relikt aus den Gründertagen der Bundesrepublik nennen. Wann wurden seine Kriterien erfüllt, die ein „magisches Viereck" bildeten? Währungsstabilität, stetes Wachstum, Vollbeschäftigung und außenwirtschaftliches Gleichgewicht sind die Zutaten für eine wirtschaftlich blühende Gesellschaft. So dachte der Gesetzgeber des Jahres 1967.

Den Glauben an wirtschaftlichen Erfolg per Gesetz hat die Allgemeinheit schon längst verloren. Zu Recht, wie ich meine, denn wirtschaftlicher Erfolg lässt sich nicht per Dekret verordnen. Wenn dem so wäre, müssten die Staatshaushalte ja am allerbesten dastehen, doch das Gegenteil ist der Fall. Vielleicht mag sich das ändern, wenn dereinst Männer und Frauen in die Verantwortung gerufen werden, die selbst schon Verantwortung tragen und sich selbst und ihre Familie versorgen oder Mitarbeiter in Lohn und Brot halten müssen.

Bei der noch Anfang des 21. Jahrhunderts üblichen Parteikarriere, deren Auswahlkriterien überwiegend auf Konformität, „Speziwirtschaft" und Political Correctness angelegt waren, kommt der Mangel an Verantwortlichkeit kaum überraschend. Verantwortung heißt, Antwort geben zu müssen, Rechenschaft ablegen zu müssen, demjenigen gegenüber, der mir etwas überantwortet, überlassen, in Obhut gegeben hat.

Diese Verantwortung ist direkt messbar am Erfolg; dem, was auf meine Taten (oder Unterlassungen) folgt. Wenn alle etwas mehr Selbst-Verantwortung übernähmen, mag man sich vorstellen, welche positiven Auswirkungen dies auch auf die Lage aller haben könnte.

Im Winter hatte sich ein Mandant recht freundlich von mir verabschiedet. Er war in wirtschaftliche Schieflage geraten und ich hatte zwischen den Gläubigern vermittelt. In jungen Jahren hatte sich der Mann ein Haus zugelegt und sich in drei Berufen ausgebildet. Die Gastronomie, der er sich mit viel Enthusiasmus gewidmet hatte, warf nicht so viel ab, wie er gebraucht hätte; die anderen Berufe hielten ihn zwar über Wasser, aber es reichte nicht, um seine Schulden zu tilgen. Die Bank wollte sein Haus versteigern lassen. Verhandlungen mit der größten Gläubigerbank scheiterten an deren starrer Haltung: Bei einem freien Verkauf des Anwesens wäre eine traumhaft hohe „Quote" von etwa 75 % erzielt worden (viele Insolvenzverfahren erreichen Quoten von unter 10 %, das heißt, dass die Gläubiger mehr als 90 % ihres investierten Kapitals verlieren). Ein geringer Verzicht aufseiten aller Gläubiger hätte einen schnellen Abschluss des Verfahrens und einen verhältnismäßig geringen Verlust bedeutet. Alle anderen Gläubiger stimmten zu, nur diese eine Bank verweigerte die Zustimmung. So entschied sich der Mann, Insolvenz zu beantragen.

Er war zwar schon Mitte 40, behielt aber kühlen Kopf und machte sich daran, auf seine bereits absolvierte

Masseurausbildung eine weitere Zusatzqualifikation draufzusatteln. Er war von einem ansteckenden Optimismus, den ich mir für so viele in seiner Lage wünschen würde.

Als er sich von mir verabschiedete, sagte er, er gehe nun auf die Kanarischen Inseln – angesichts der europäischen Grundfreiheiten eine Entscheidung, die ich nicht weiter hinterfragte. Leider verloren wir uns aus den Augen, denn meine Bitte, mir seine neue Adresse zu geben, hatte er wohl vergessen.

Als wir im Winter 2005 Urlaub auf Fuerteventura machten, ging mir ein Licht auf, was meinen Mandanten dazu bewogen hatte, in die südlichste Region Europas zu ziehen.

Wir genossen unseren Jahresurlaub dieses Mal in einem nur wenige Monate zuvor eröffneten Hotel an der Costa Calma. Ein moderner, großzügiger Komplex mit offener Architektur, viel Glas, Stein und Wasser, nicht nur weil das Hotel auf einem Felsvorsprung steht, mit direktem Blick auf den Atlantik.

Besucher neuer Hotels dürfen die Anforderungen an den Service allerdings nicht zu hoch ansetzen, wenn sie nicht enttäuscht werden wollen.

In diesem Hotel, das von vielen Reiseveranstaltern gebucht wurde, fiel uns auf, dass es einerseits sehr gut frequentiert, also wirklich voll war, andererseits die Servicekräfte in dem großzügig angelegten Büffet-Restaurant der Arbeit eher schlecht als recht nachkamen.

Bei den jüngeren Mitarbeitern im Service war der Mangel an Übersicht und Einteilung deutlicher zu spüren, die älteren Mitarbeiter waren hier im Vorteil. Auf eine Nachfrage beim Vizechef des Hotels berichtete dieser – ein freundlicher Spanier, etwa Mitte 30, der angenehm gut Deutsch sprach – uns von seiner Sorge um die Qualität des Service und den Problemen, gutes Personal zu bekommen.

Ich runzelte die Stirn. Problem, gutes Personal zu bekommen? Da war ich mit dem deutschen Vorverständnis an die Information herangegangen. Den Schlüssel zum Verständnis erhielt ich gleich dazu: Der Vizechef erzählte, wenn er mit einem Mitarbeiter mal ein ernstes Wort rede und ihn zu besserer Arbeit anhalten wolle, komme es vor, dass dieser kündige und im Betrieb nebenan gleich wieder anheuere. „Wir haben hier null Prozent Arbeitslosigkeit", so der stellvertretende Hotelchef. Vor kurzem habe er einen Deutschen, Mitte 40, für die Rezeption eingestellt. Der Mann lernte etwas Spanisch, arbeitete seither äußerst zuverlässig und ist ein gern gesehener Mitarbeiter, dem beim deutschen Publikum die Muttersprache sehr zupasskommt. Der in seiner Heimat wegen seines Alters nur noch schwer vermittelbare Mann hat hier eine neue Dauerstellung gefunden.

Beim Blick über die Insel, die wir noch einige Tage auf eigene Faust erkundeten, wurde uns klar, dass sich der Arbeitsmarkt dort in absehbarer Zeit eher noch anspannen würde. Arbeitskräfte wurden dringend gesucht: Überall standen Bagger, Kräne, Radlader und Lkws – eine Augenweide für jeden Bauunternehmer. Neue Wohnsiedlungen entstanden an allen Ecken und Enden, große Hotelanlagen wurden errichtet, namhafte Hotelanbieter standen in der ersten Reihe der Bauherren.

Ich kann meinen Mandanten verstehen, dass er sich

dorthin aufgemacht hat. Wenn dieses Vorbild Schule machen würde, dann käme der deutsche Michel tatsächlich
in Bewegung. Na, das wäre dann für manchen vielleicht
doch zu viel Bewegung.

Streit im Urlaub – Streit zu Hause?

Eine liebe Bekannte, Diplom-Psychologin im Ruhestand, fragte uns im Gespräch über Mediation, weshalb aus unserer Sicht die Menschen so viel streiten oder leicht in Streit geraten. An diese Frage erinnerte ich mich, als ich eine interessante Familie spät am Abend im Speisesaal unseres Hotels auf den Kanaren sah und hörte. Genauer gesagt hörte ich sie erst und sah dann hin.

Bei diesem Urlaub war uns aufgefallen, dass eine stattliche Zahl der Urlauber „all inclusive" gebucht hatte (die Abkürzung „ai" steht hier nicht für die bekannte Menschenrechtsorganisation). Wir machten uns Gedanken bei unseren Beobachtungen, etwa als wir einen Mann um die 50 bei strahlendstem Wetter allein zwischen Poolbar und Meer sitzen sahen und bemerkten, wie er um halb elf am Vormittag zügig drei Halbe Bier in sich hineinschüttete. Danach verloren wir ihn aus den Augen.

Ob die interessante Familie auch zu den „ai"-Gästen zählte, weiß ich nicht. Sie fiel aber schon deshalb auf, weil ihre Zusammensetzung in meinen Augen etwas ungewöhnlich war: zwei ältere Damen und ein älterer Herr (ein Ehepaar und die Schwägerin, nahm ich an) zusammen mit zwei jungen Frauen, eine davon korpulent, Anfang 20 und mit auffallend düsterem Blick. Diese hatte eine Tochter dabei, etwa zwei Jahre alt, die anderen Kindern aus der Ferne beim Spielen zusah, selbst aber mit einem durch dunkle Augenbrauen betonten, fast regungslosen

Gesichtsausdruck nur dastand oder dasaß, den Schnuller im Mund.

Die zweite junge Frau war schwer einzuschätzen. Von der schlanken Figur her hätte sie Anfang bis Mitte 20 sein können, doch das Gesicht wirkte viel älter; besonders um die Augen hatte sie viele Sorgenfalten. Ansonsten war sie um viel Aufmerksamkeit bemüht, die sie auch bekam – sei es durch ihren stolzen Gang im Restaurant, wie sie den Teller mit den gespreizten Fingern der rechten Hand und abgewinkeltem Unterarm (ähnlich dem Personal beim Captain's Dinner in der ZDF-Fernsehserie „Traumschiff") herumtrug, sei es, wenn sie am Pool, nur mit nur einem Höschen bekleidet, den Sonnenschirm in einer kraftvollen Aktion geräuschvoll um mehrere Meter verschob. Sie war die Taufpatin des Kindes der mitreisenden jungen Frau, was auch der Umgebung nicht verborgen blieb, hatte sie es doch in Gesprächen vernehmlich laut geäußert.

An einem Abend war die Stimmung seltsam gedrückt und doch normal; das heißt, alle waren bemüht, sie normal wirken zu lassen. Die junge Frau hatte ein blaues Auge, ein regelrechtes „Veilchen". Ich weiß, wie so etwas aussieht: Zahlreiche familienrechtliche Mandate schärfen den Blick – auch den aus der Ferne.

Als wir spät zum Abendessen gingen, bahnte sich ein Konflikt in der betreffenden Familie an. Erst hörte ich ein lautes Raunen, dann ein tiefes Brummen. Die älteren Herrschaften waren offensichtlich in Streit geraten. Er brummte und raunzte die neben ihm sitzende Frau (anscheinend seine Ehefrau) an; dabei war sein Gesicht gerötet, vermutlich aus Erregung und von der Sonne des Tages. Die am Tischkopf sitzende weißhaarige Frau (wohl die Schwägerin) sagte etwas in deutlich leiserem Ton und versuchte zu vermitteln. Wenn sie sprach, wurde er etwas ruhiger. Seine Frau dagegen sagte gar nichts und nippte nur immer und immer wieder an ihrem Bier, während er sich mit ausladender Gestik selbst Weißwein nachschenkte. Wie der Streit ausgegangen ist, habe ich nicht mitbekommen. Das Lokal war schon fast leer und die Gläser der Streitenden auch. Die lauten Wortfetzen, die ich aufschnappte, ergaben nur den Sinn, dass es um die Tochter gehe, der man unbedingt irgendetwas nahebringen müsse. Wir sahen die junge Frau mit ihrem Kind auch zwei Tage nicht mehr zusammen mit der Familie. Erst einen Tag vor deren Abreise setzte sie sich wieder zum Abendessen an den Tisch.

Ich hatte schon manches Mal die Idee, ich müsste gerade in Ferienorten, auf Skiliften, in Hotels und Restaurants, im Flugzeug oder im Zug Werbung für Mediation machen – frei nach dem Motto „Haben Sie das Gefühl, Sie haben einen schönen Urlaub – sind aber mit dem falschen Partner unterwegs?" oder „Der nächste Urlaub kann für Sie wirklich erholsam werden – faire-scheidung.de!".

Warum streiten viele Menschen besonders dann, wenn sie aus dem gewohnten Tag-Arbeit-Nacht-Ruhe-Rhythmus herausgenommen sind? Es gibt weniger Ablenkung und man verbringt viel mehr Zeit am Stück mit dem Partner als zu Hause in der gewohnten Umgebung. Manche können damit besser, andere weniger gut umgehen. Den Partner so lange und so nah um sich, das ist manchen zu viel, und das Fass mit der Aufschrift „Aufgelaufenes

Unbehagen" läuft über. Das liegt aber im Wesentlichen daran, dass viele Paare verlernt (oder auch nie begonnen) haben, miteinander zu sprechen. Nicht über „Wer trägt den Müll runter?" oder „Schatz, bringst mir noch ein Bier mit?". Manchmal hilft es auch, zur Lösung von Kommunikationsblockaden gemeinsam eine Kabarett-veranstaltung zu besuchen (etwa „Katerfrühstück" von Horst Schroth).

Im gemeinsamen Urlaub gilt es ganz besonders, „die Nähe zu füllen", denn plötzlich sind die Partner einander viel näher als gewohnt. Was erzählt man sich denn in so viel Zeit? Wie verbringen die Partner diese viele Zeit miteinander? Ab wann und warum gehen sich die Familienmitglieder oder Paare auf die Nerven?

„Streiten verbindet" heißt ein provokanter und zutreffender Buchtitel. Wir streiten, weil wir uns nicht richtig wahrgenommen oder nicht ernst genommen fühlen oder den Eindruck bekommen, nicht erreichen zu können, was wir uns eigentlich gewünscht haben. Dreh- und Angelpunkt dabei ist aber die Frage: „Wie soll oder kann der andere wissen, was ich mir wünsche?" Konkrete Anliegen gehören ebenso dazu, wie einfach „nur mal" Aufmerksamkeit zu erhalten.

Das umzusetzen bedeutet auf der Ebene der Sender, von sich zu sprechen, auf der Ebene der Empfänger, zu-zuhören. Wenn Sie meinen, dass das doch ganz einfach klingt, gebe ich Ihnen recht, aber wie alles, was sich einfach anhört: Die Umsetzung gehört dazu!

Gerne achte ich darauf, wie Paare miteinander reden. Wer spricht wie viel, was sagt der andere, wer fällt wem wie oft ins Wort, sprechen die Gesprächspartner miteinander, also gibt es einen gedanklichen Fluss, oder spricht jeder vor sich hin? Das gilt im geschäftlichen Dialog übrigens mindestens genauso, nur ist der meistens von kürzerer Dauer und inhaltlich auf Sachthemen gepolt.

Mein Coach-Ausbilder Drs. Boudewijn Vermeulen hat das „Grundrecht aufs Ausreden" postuliert. Zu Recht! Zuhören will ebenso gelernt sein, wie von sich zu erzählen, was mir in jeder Mediation von den Medianten vor Augen geführt wird. Besonders traurig sind die Mediationen, in denen die Paare in Sprachlosigkeit erstarrt sind, in denen sie kaum noch oder gar nicht mehr miteinander reden. Erst in der Mediation erfahren die Paare dann voneinander, was sie sich gewünscht hätten oder welches dramatische Ereignis zum Scheitern der Beziehung geführt hat. Das gibt es tatsächlich: das Ereignis, das das Fass des aufgelaufenen Unbehagens zum Überlaufen bringt.

Wenn dieser Punkt überschritten ist, ist ein Weg zurück zu den Gemeinsamkeiten nur noch mit professioneller Hilfe möglich. Wird auch diese Chance vertan, scheitert die Beziehung endgültig, es kommt zur Trennung.

Scheidungsanfragen nach den Urlaubsmonaten August und September sind übrigens tatsächlich häufiger als im Durchschnitt des übrigen Jahres. Dazu müsste es nicht kommen, wenn, ja wenn die Menschen mehr miteinander und weniger über Dritte reden würden. Unsere befreundete Diplom-Psychologin meinte daraufhin, dass wir Anwälte dann ja arbeitslos würden. Doch damit könnte ich mich arrangieren!

„Deine Mama ist dumm!"

Eine andere sehr effektive Art, eine Beziehung zu beenden, besteht darin, den anderen oder eine ihm nahestehende Person abzuqualifizieren. In der Aussage „Deine Mama ist dumm!" steckt zudem auch eine perfekte Du-Botschaft, wenn auch oberflächlich zunächst nicht an den Empfänger bzw. den Partner selbst.

Sie trifft ihn dennoch, wohl auch mit der ganzen Absicht des Senders dieser Botschaft, der um die persönliche Nähe und die Bedeutung der in der Botschaft als Platzhalter fungierenden Mama weiß. Ich ziele auf die Mama und treffe doch die Partnerin oder den Partner, weil ich als Sender darum weiß, wie wichtig ihr oder ihm die Beziehung zu diesem Elternteil ist. Es handelt sich also um eine bewusste Verletzung mit den Stilmitteln der Beleidigung und der Anmaßung.

Die junge Frau, die ich während eines anderen Urlaubs beobachtete und die sich das anhören musste, war mir schon früh aufgefallen. Sie war schlank, groß, hatte rötliches Haar und sah sehr jung aus, so jung, dass meine Frau und ich darüber sprachen, ob sie wohl schon 18 sei. Sie war zudem recht modisch gekleidet, wobei ich mir nicht sicher war, ob ihr Gürtel mit der glitzernden Dolce & Gabbana-Schnalle eine Nachbildung war oder ein Original. Der Schmuck, den sie trug, war dezent und geschmackvoll. Ihr Begleiter, Absender der wenig charmanten Botschaft, passte zumindest optisch zu ihr: Auch er war beeindruckend schlank und hatte pechschwarzes nackenlanges Haar, das über den meist offen getragenen hellen Hemden mit offengelassenen Manschetten seine optische Wirkung voll entfaltete. Sein Alter dürfte allerdings bei Anfang 40 gelegen haben, das Gesicht war nicht mehr ganz so jugendlich, wie es die junge Begleiterin hätte vermuten lassen.

Die beiden waren mit zunehmender Dauer des Urlaubes öfter allein zu sehen. Zwar trafen sie sich zum Abendessen oder Frühstück, doch entweder kam er später oder sie stand früher auf, und er saß noch einige Zeit allein in der Morgensonne. Einmal sah ich ihn noch weit nach Ende der Frühstückszeit mit blankem Oberkörper in einem der Korbstühle auf der Terrasse sitzen.

Anfangs turtelten und kuschelten die zwei noch mehr oder minder öffentlich auf einer Sonnenliege am Pool. Die letzten Tage waren sie dann kaum noch gemeinsam zu sehen. Meine Antennen sagten mir, dass mit diesem Paar etwas nicht stimmen konnte. Früher gebrauchte ich dafür den Satz: „Bei denen kannst du die Uhr stellen", will heißen, das Ende der Beziehung war mehr oder weniger nah. Die beiden hatten meine berufliche Neugierde geweckt.

Am Samstag vor unserer Abreise kam es dann zu einem lautstarken Krach, den auch die umliegenden Gäste mitbekommen mussten. Es ging anscheinend um ein Ticket – ob Flug oder Zug, war nicht herauszuhören –, das die Mutter der jungen Frau nach Ansicht des wenig galanten Mannes zu teuer gekauft hatte. Dies bezeichnete er als dumm, und da könne seine Begleiterin auch zehn andere Menschen hier gleich fragen, die ihm recht geben müssten. Mit diesen „Argumenten" versuchte er, seine Botschaft „Deine Mama ist dumm!" zu rechtfertigen.

Ich kann mir vorstellen, dass die junge Frau noch an diesem Vormittag nach Hause geflogen ist. Falls ja, konnte ich sie zu diesem Entschluss nur beglückwünschen.

P.S.: Eine ähnliche Botschaft ist zwischenzeitlich in ein Denkmal im Centre Pompidou in Paris gegossen worden. Mit der Skulptur „Ode an die Niederlage" von Abel Abdessemed wurde die Auseinandersetzung der Fußballnationalspieler Zinédine Zidane (Frankreich) und Marco Materazzi (Italien) verewigt, die wegen eines denkwürdigen Fouls mittels Kopfstoß Aufsehen erregte. Am 9. Juli 2006 kam es im Endspiel der Fussballweltmeisterschaft zu diesem Foul. Zidane hatte die Franzosen noch per Elfmeter in der 7. Minute in Führung gebracht, als es nach dem Ausgleich der Italiener in die Verlängerung geht. In der 110. Spielminute kommt es zu dem Kopfstoß von Zidane gegen Materazzi. Unvermittelt streckt Zidane seinen Gegenspieler auf diese Art und Weise nieder. Zu den Hintergründen berichtete Bild.de: „Der Italiener hatte Zidane am Trikot gezogen, worauf dieser antwortete: ‚Wenn du mein Trikot willst, bekommst du es nach dem Spiel." Materazzi konterte: „Ich nehme lieber Deine Nutte von Schwester.'

Für den Kopfstoß wurde Zidane mit Rot vom Platz gestellt."

EIN DANK AN DIE ZUNFT DER KÖCHE

Ein Freund und ich hatten ein Fest auszurichten, zu dem wir etwa 80 Gäste erwarteten. Die Planung und Vorbereitung gelang mit der Hilfe erfahrener Freunde. Die spannenden Fragen waren: Wie viele Gäste kommen tatsächlich? Wie viel an Getränken brauchen wir, welches Essen tischen wir auf? Unser Fest wurde ein großer Erfolg, es kamen über 100 Gäste und alle verließen uns mit dem Ausdruck von Freude und Zufriedenheit.

Der Satz „Liebe geht durch den Magen" bedeutet, sich Zeit zu nehmen, dem geliebten Partner, Freund oder Gast ein Essen zuzubereiten und ihn damit zu erfreuen. Das beginnt schon mit der Auswahl, was der zu Bekochende mag, was schmackhaft, gesund und nahrhaft ist. Beziehungen, in denen dieser Aufwand an Zeit, Aufmerksamkeit und Zuwendung auf Dauer zu kurz kommt, fehlt etwas.

Übertragen auf unsere Freunde und Bekannten, unsere Gäste, zeigte sich diese besondere Aufmerksamkeit in der Vorbereitung des Festes, der Dekoration der Tische, frischen Blumen, der Zubereitung eines Essens und der Auswahl dazu passender Getränke eine besondere Qualität der Aufmerksamkeit. Das empfanden wir als wohltuende Gastfreundschaft.

Der besondere Dank auf unsrem Fest galt dem befreundeten Koch, der zusammen mit seiner Lebensgefährtin ein schmackhaftes Essen zubereitet hatte. Diesen Dank sollten wir öfter auch nach Hause tragen, in unser

Lieblingsrestaurant „um die Ecke" und in die Küchen zu Hause:

Dr. Devanando Otfried Weise („Harmonische Ernährung", Smaragdina Verlag, München, 1993) hat es so zutreffend ausgedrückt, dass ich ihn zitieren möchte: „Noch ein Wort zu den Personen, die (...) das Essen für ihre Mitbewohner zubereiten. Repetitive Tätigkeiten wie diese werden von der Gesellschaft nicht eben hoch eingestuft. Ein Wissenschaftler, der das Liebesleben der Maikäfer erforscht, gilt mehr als ein Koch. Welche Misskonzeption, welche Dummheit! Wenn die vielen Köche und Köchinnen in den Millionen Küchen schlecht ausgewähltes, kombiniertes und zubereitetes Essen liefern, so hat dies einen enormen Schaden zur Folge. Ihre Tätigkeit erfordert viel Wissen, Verantwortung, Intuition, Einfühlungsvermögen und Liebe, jeden Tag. Sie müssen genauso ihr Bestes geben, wie der Arzt am Krankenbett. Sie stehen an der Basis. Wenn sie immer wieder gravierende Fehler machen und übel gelaunt, mit Ängsten und Aggressionen im Bauch, das Essen unbewusst vergiften, dann kann kein Arzt dies jemals wieder ausbügeln."

Wenn Ihnen ein Essen mal wieder besonders gut geschmeckt hat – vielleicht denken Sie ein wenig an die Bedeutung der Zunft der Köche für unser Wohlbefinden. Ihnen gebührt mein besonderer Dank.

Stop teaching our kids to kill – Und wir diskutieren wieder!

*P*aducah, Littleton, Jonesboro, Erfurt, München, Ansbach, Winnenden, Emsdetten, Newtown.

Ich erinnere mich noch ziemlich genau an ein Fernsehinterview, das ich 1999 auf CNN gesehen habe. Darin wurde ein Autor über seine Untersuchungen im Zusammenhang mit einer besonders furchtbaren Variante der Jugendkriminalität befragt. Amerika war in der Vergangenheit durch blutige Amokläufe, zum Teil von Minderjährigen, in Schulen aufgeschreckt worden. Städte wie Littleton, Paducah oder Jonesboro haben hier traurige Berühmtheit erlangt. Newtown schreckt uns kurz vor Weihnachten 2012 auf.

Die provokative These des Autors Dave Grossman kulminierte im Titel seines Buches, der im Original „Stop teaching our kids to kill" lautet, was so viel heißt wie: „Hört auf, unseren Kindern das Töten beizubringen!"

Wir bringen unseren Kindern das Töten bei? Unwillkürlich schüttelte ich den Kopf. Bis dahin war ich der Ansicht gewesen, dass allenfalls skrupellose Milizionäre in weit entfernten Ländern für so etwas „zuständig" wären, aber doch nicht ich oder meine Nachbarin, die zwei reizende Kinder hat.

Was der Interviewpartner auf CNN im Weiteren sagte, weckte meine Neugierde aber doch so sehr, dass ich beschloss, mir dieses Buch zu besorgen. Das war, wie gesagt,

1999. Das Buch war damals im deutschen Buchhandel nicht zu beziehen, sodass ich es über das Internet in Amerika bestellte.

Ich muss zugeben, dass mein Interesse an dem Buch wieder etwas verebbte, sodass es gut verpackt im Bücherregal stand und darauf wartete, eines Tages von mir gelesen zu werden. Dass dieser Tag schneller nahen würde, als ich geahnt hatte, merkte ich, als 2002 in Erfurt, also „bei uns" in der Mitte Europas, ein ehemaliger Schüler mit einer Schusswaffe ein Massaker an seiner ehemaligen Schule anrichtete.

Es dürfte unbestritten sein, dass in Europa, vor allen Dingen in Deutschland, eine starke Ambivalenz zu allem besteht, was aus den USA stammt. Das hat sich auch in einer Studie herauskristallisiert, die auf dem Partnersender von CNN, dem deutschen Nachrichtensender n-tv, dargestellt wurde: Ein Großteil der Deutschen lehnt Verhaltensweisen, die in den Vereinigten Staaten gelebt werden, vordergründig ab, praktiziert sie unbewusst aber dennoch. Deshalb nahm ich an, dass das besagte Buch, das ich 2002 schließlich las, nach diesem Amoklauf in Deutschland weite Verbreitung bis hin zu den Schreibtischen deutscher Politiker finden würde. Doch weit gefehlt.

Ich nahm brieflichen und persönlichen Kontakt zu einer herausragenden Persönlichkeit des öffentlichen Lebens auf und schlug vor, das besagte Buch ins Deutsche zu übersetzen. Doch dieser Impuls wurde zu meiner Überraschung ignoriert. (Immerhin existiert mittlerweile eine deutsche Übersetzung.) Gab oder gibt es also eine Hemmung, dieses Thema jenseits der Symptomebene anzugehen?

Der Autor Dave Grossman stellt in seinem Buch die These auf, dass wir es sind, die dazu beitragen, Kinder zu befähigen, schon im Kindesalter zu töten. Eine Vorstellung, die bei mir Unbehagen und Beklemmung auslöst angesichts der Vorfälle in Erfurt und München, Ansbach und Winnenden. Grossman, Oberstleutnant der U.S. Army und Militärpsychologe, stellt die These auf, dass „nur" drei Dinge notwendig sind, um einen anderen Menschen zu töten:

1. der Wille, einen anderen Menschen zu töten.
2. die technische Fähigkeit, mit einer Waffe umzugehen.
3. die Waffe selbst.

Der Bundestag in Berlin hat kurz nach den schrecklichen Ereignissen von Erfurt das Waffengesetz verschärft und diese Diskussion wie nach jedem derartigen Vorfall neu angestoßen. Eine Maßnahme, die möglicherweise etwas bewirkt, und zwar dann, wenn sie den Zugang der Jugendlichen zu den Waffen effektiv beschränken kann. Unbestritten (dies sollte es zumindest nach der Lektüre dieses Buches sein) ist dies allerdings nur ein kleiner Mosaikstein in der Problematik von Jugendkriminalität unter Waffeneinsatz.

Es gibt zweifellos einen Zusammenhang zwischen der Verfügbarkeit einer Schusswaffe und der Tendenz, diese in einem Konfliktfall einzusetzen. Das ist keineswegs neu. So hat die *Neue Zürcher Zeitung* in ihrer internationalen Ausgabe Mitte der 1990er-Jahre von einer Untersuchung berichtet, laut der Konfliktbeteiligte eher zur Waffe greifen und diese auch einsetzen, wenn sie zur Hand ist.

Was aber führt dazu, dass Kinder, Jugendliche oder junge Erwachsene Waffen (ob legal oder illegal in Besitz) auch tatsächlich benutzen? Hier scheint mir ausschlaggebend zu sein, wie denn der „Wille zu töten" erzeugt wird. Der Autor bezeichnet dies in der Originalausgabe treffend als „desensitizing", also als Desensibilisierung oder Abstumpfung. Ich habe versucht, das selbst nachzuvollziehen, nicht in einer Spielhölle, sondern allein mit einer alten Version eines Ego-Shooter-Spiels im Internet. Die Stakkato-Ballerei ist derart stupide, dass schon daraus eine Abstumpfung zu erwarten ist. Das dürfte sich heute eher verschärft haben, angesichts Grafikprozessoren der neuesten Generation und 3-D-Darstellungen, die näher an der Realität sind, als man sich das wünschen kann.

Dass Gewaltdarstellungen im Fernsehen schon im Kinderprogramm dazu ihren Beitrag leisten, skizziert Grossman in beeindruckender, ja beängstigender Weise. Seither dürfen unsere Kinder nur das Sandmännchen und die Sendung mit der Maus allein ansehen. Bei allen anderen Sendungen sitzt immer einer von uns dabei, um einzugreifen, den Fernseher abzustellen oder mit dem Kind das Gesehene zu besprechen.

P.S.: Den Zusammenhang zwischen Gewaltdarstellungen in Medien und der Neigung, Gewalt auch anzuwenden, haben unterdessen immer mehr Menschen erkannt. Im Zeitalter des Internets und der Smartphones ergibt sich eine neue Herausforderung, denn Jugendliche haben über diese Geräte ungehinderten Zugang zu allen Medien, ob Gewalt oder Pornografie.

In einer bemerkenswerten Entscheidung (1 StR 359/11) im Revisionsverfahren über das Urteil des Landgerichts Stuttgart, durch das der Vater des Amokschützen von Winnenden zu einer Haftstrafe auf Bewährung verurteilt worden war, hat der Bundesgerichtshof festgestellt:

Tz. 4: „T. K. [der Amokläufer von Winnenden, Anm. d. Autors] war psychisch auffällig. Seit 2004 hatte er sich immer mehr zu einem Einzelgänger entwickelt. Er beschäftigte sich oft mit Computerspielen, insbesondere mit solchen, in denen er auf virtuelle Personen schoss (…)“

Tz. 36: „Stattdessen [weitere therapeutische Behandlung des Sohnes, Anm. d. Autors] ermöglichte der Angeklagte seinem, wie ihm jedenfalls bekannt war, psychisch sehr labilen Sohn, der seit Jahren in Computerspielen auf andere schoss, sich im Schützenverein im Umgang mit realen Schusswaffen zu üben.“

DEN AUFTRAG BEKOMMEN SIE NICHT!

Als Rechtsanwalt und Mediator habe ich mitunter einen schweren Stand. Die Kollegen agieren auf der vollen Bandbreite der menschlichen Reaktionsmöglichkeiten – von Zustimmung und Sympathie bis zu Ablehnung und Verachtung.

Bei meinen Versuchen, den Begriff der Mediation zu erklären und die Vorzüge darzustellen, reichen die Reaktionen bei den Richtern ebenso weit. Ein Präsident eines Landgerichts in der Region bürstete mich gleich ab, seine Richter sollten sich gefälligst darauf beschränken, Urteile zu schreiben. Dennoch gab es ein paar Jahre später auch an „seinem" Gericht ein Mediationszimmer und Richter mit einer Zusatzausbildung als Mediator.

Mediation könnte man mit Gorbatschow als Perestrojka in der gerichtlichen Verfahrensordnung bezeichnen, nur dass der Umbruch in der Sowjetunion deutlich schneller voranschritt. Der wesentliche Unterschied besteht darin, dass ich als Anwalt die Interessen meines Mandanten zu dessen wirtschaftlichem Vorteil zu vertreten habe, also Parteivertreter bin. Als Mediator bin ich neutral und habe von Berufs wegen kein Interesse am Ausgang des Mediationsverfahrens, was andere Lösungsoptionen eröffnet. Die Kunst in der Mediation ist, den Kuchen zu vergrößern, bevor er verteilt wird. Neudeutsch nennt man das Win-win-Situation.

Wenn mich, wie schon geschehen, ein Richter in einer streitigen Gerichtsverhandlung anraunzt, ich solle doch auf einen Vergleichsvorschlag eingehen, denn ich sei doch Mediator, ist das lupenreine Themaverfehlung. Das aber nur am Rande.

Interessant ist Mediation immer dann, wenn Beweggründe im Spiel sind, die man in einem gerichtlichen Verfahren nicht unterbringt, weil das starre Prozessrecht Ausflüge in die Geschichte des Streits kaum zulässt und Richter und Anwälte auf der Gegenseite je nach Gemütslage und mediativer Vorbildung darauf mehr oder minder gereizt reagieren. Zu beobachten ist das besonders bei Gerichten mit dünner Personaldecke und Aktenstapeln, die einen Besucher staunen lassen. Die Lust an allgemeinem Zivilrecht und erst recht der Strafverteidigung kann darunter erheblich in Mitleidenschaft gezogen werden.

In Arbeitsgerichtsverfahren dagegen engagiere ich mich gerne, und in den Güteverhandlungen dort fühle ich mich besonders wohl. Das liegt vor allem daran, dass Arbeitsgerichtsverfahren von vorneherein auf Ausgleich angelegt sind. Dazu fördert die Verhandlungsführung der Richterinnen und Richter meist den Dialog, das heißt, dass die Prozessparteien in den allermeisten Fällen ihre Sicht der Dinge zu Gehör bringen können. Das ist sicher das Erfolgsgeheimnis dieser Verhandlungen, denn etwa 80 Prozent aller Verfahren werden direkt mit einem Vergleich in dieser Güteverhandlung abgeschlossen.

In einer solchen Güteverhandlung sprach mich der Vorsitzende Richter auf einen Fall an, über den in der regionalen Presse zu lesen war. Ein Landrat hatte als Vorsitzender eines Klinik-Verwaltungsrates der Landkreis-Krankenhäuser die Entlassung eines Chefarztes, dessen angestellten Sohnes und des Verwaltungsvorstandes veranlasst. Kurz nachdem dies öffentlich bekannt wurde, schlug der Verwaltungsrat vor, in den Fällen, die bereits vor Gericht anhängig waren, einen Mediator hinzuzuziehen.

Das geht tatsächlich. Die Verfahrensordnungen lassen zu, dass das gerichtliche Verfahren zum Zwecke einer Mediation ausgesetzt wird. Deshalb schrieb ich dem Landrat einen Brief, in dem ich mich als Mediator ins Gespräch brachte. Der Brief blieb unbeantwortet, während die Gerichtsverfahren voranschritten.

Vor Prozessbeginn äußerte der Richter in meinem Verfahren etwas flapsig, der Landkreis könne doch einen Mediator gut brauchen.

Ich wies darauf hin, dass ich dem Landrat meine Dienste schon angeboten hatte.

Darauf der Richter, sekundiert vom Kollegen auf der Gegenseite meines Verfahrens: „Den Auftrag bekommen Sie nicht!"

Ich stutzte.

„Sie sind doch bei der CSU", erklärte der Richter.

„Aha?" Der Aha-Effekt wollte sich bei mir nicht recht einstellen. Ich bedurfte der Nachhilfe.

Der Richter und der Kollege halfen mir auf die Sprünge. Der Landrat gehörte nämlich den Freien Wählern an, die inzwischen zwar Partei im Sinne des Bundeswahlgesetzes sind, sich selber aber gerne Wählervereinigung nennen. Weil ich also in der falschen Partei war, wurde nun verhindert, einen sinnvollen, gangbaren Weg mit überschaubarem finanziellem Aufwand vor Ort zu wählen? Parteiendenken in unserer Region? Eine Parteibrille auf der Nase des Landrats, der im Wahlkampf gerne hörte, dass er doch so anders sei, weil er keiner Partei angehöre? Offensichtlich. Wenn schon Mediator, dann müsse es ein Richter vom Bundesarbeitsgericht sein, meinte unser Richter. Das sei nicht nur teuer und langwierig, sondern bringe auch eher wenig, weil die Terminkalender dieser Richter auf absehbare Zeit ausgebucht seien.

Das war's dann. Mediation fand nicht statt. Stattdessen ließ sich der Landkreis in den Gerichtsverfahren von Anwälten aus der fernen Großstadt vertreten. Wenig später war in der Zeitung zu lesen, wie die Trilogie der von den hinausgeworfenen Mitarbeitern geführten Prozesse endete. Kurz gefasst: Kündigung, Klage, Vergleich, Abfindung – in allen Verfahren musste der Landkreis teure Vergleiche abschließen, mit teilweise erklecklichen Abfindungen. Mit anderen Worten: Kündigung, Klage, Konsens – oder Pleiten, Pech und Pannen. Schade eigentlich.

EIN POLITISCHER BEAUTY CONTEST

Germany's Next Top Model (by Heidi Klum) ist – ich gebe es zu – eine meiner Lieblingssendungen im Fernsehen. Ich sehe ohnehin nur wenig fern. Die erste Staffel ging an mir vorbei. In der zweiten Staffel wuchs die Neugierde. Die Trauzeugin meiner Frau hatte begeistert berichtet und so schauten wir halt auch mal rein – und der Donnerstagabend war von da an, soweit es ging, fest gebucht.

Dabei hatte Bruce Darnell einen wesentlichen Anteil an meiner Begeisterung, wie auch die Reisen, die die jungen Damen in Begleitung unternehmen durften, und natürlich die jungen Damen selbst. Garniert mit ein bisschen Zickenkrieg, hatte es das Format Abertausenden angetan – auch mir. Ein Schönheitswettbewerb unter den Augen von Millionen Fernsehzuschauern.

Meine Reisen im Sommer und Herbst 2008 waren weniger spektakulär. Das Fernsehen war auch nicht dabei, als wir, sieben Männer und eine Frau, im ungeheizten Saal im ersten Stock eines schönen Gasthofes in einem kleinen Ort im Allgäu uns die Beine in den Bauch standen. Wir hatten Nummern gezogen, um festzulegen, in welcher Reihenfolge wir vor einer stattlichen Zahl von Parteifunktionären anzutreten und uns vorzustellen hatten. Es galt, die Nachfolge des mehr oder weniger freiwillig sich dem Rentnerdasein zuwendenden bisherigen Bundestagsabgeordneten für den Wahlkreis Ostallgäu zu bestimmen.

Dabei hatten sich ein paar allzu pfiffige Impulsgeber in der CSU Gedanken gemacht, wie denn der oder die neue Abgeordnete aussehen, sprich: welche Eigenschaften er oder sie mitbringen sollte. Ein Anforderungsprofil mit Fragen zur fachlichen und sozialen Kompetenz des Aspiranten war erstellt, ein Fragenkatalog erarbeitet worden. Man kam sich vor wie in einer Mischung aus mündlicher Prüfung und Schaulaufen, wobei Letzteres überwog.

Die Tour der Vorstellungsrunden zog sich durch den ganzen Wahlkreis. Weil sich die Oberen zunächst nicht einigen konnten, wurde einmal sogar davon abgeraten, dass die Bewerber zu einer Vorstellungsveranstaltung in einem anderen Landkreis reisen sollten. Darauf schrieb die Presse flapsig von „Reisewarnung". Dabei wäre die Verständigung auf ein gemeinsames Vorgehen hier mehr als hilfreich gewesen.

Die meisten Leser werden Besseres zu tun haben, als sich in Parteienarithmetik hineinzudenken. Das Gebiet der Bundesrepublik ist für die Wahlen zum Deutschen Bundestag in Wahlkreise aufgeteilt. In großen Städten gibt es sogar mehrere Wahlkreise. So hat München vier Wahlkreise und stellt damit auch vier direkt gewählte Abgeordnete. Auf dem Land sind die Wahlkreise größer, um ähnlich viele Bürgerinnen und Bürger unter dem Dach eines Wahlkreises zu vereinigen. Unser Wahlkreis im Allgäu umfasste die Landkreise Unterallgäu und Ostallgäu mit den Städten Kaufbeuren und Memmingen. So weit, so gut – oder auch weniger gut, denn drei CSU-Kreisverbände müssen sich den geografisch recht ausgedehnten Wahlkreis teilen. Deshalb wird auch die

Entscheidungsfindung komplizierter, weil drei Vorstands-gremien und zig Ortsverbände beteiligt sind.

Die Nominierung eines Bewerbers für die Bundes-tagswahl obliegt den Parteien, die diese im Einklang mit Parteiengesetz, Bundeswahlgesetz und den jeweiligen Satzungen durchzuführen haben. Bei den großen Parteien entscheiden spezielle Delegiertenversammlungen hierü-ber und wählen die Kandidaten. Die Anzahl der Delegier-ten, die ein Kreisverband in das entscheidende Gremium entsenden kann, hängt von der Zahl der Mitglieder des jeweiligen Kreisverbands ab.

Nun bewirkte eine Mischung aus mangelnder Abspra-che und mathematischer Unkenntnis, dass die Kreisvor-sitzenden sich nicht auf ein gemeinsames Vorgehen ei-nigen konnten. Die Außendarstellung war geprägt vom Versuch, das Verfahren als offen und demokratisch dar-zustellen, weswegen man keinem der Aspiranten nahe-legen wolle, den Hut aus dem Ring zu nehmen. So kam es, dass bei der Veranstaltung in dem besagten Gasthof die einzige weibliche Aspirantin aus beruflichen Grün-den absagte und die verbliebene „Männerwirtschaft" sich an der Theke aufwärmte, während die Parteigranden wie eine Jury im Nebenzimmer tagten und wir auf den Aufruf warteten.

Der Nebenraum war, wie man es sich in einem Allgäu-Fernsehkrimi vorstellen würde, mit mehreren viereckigen Tischen bestückt. Zwei Türen im rechten Winkel erlaub-ten das Betreten vom Hausgang und von der Stube aus, wo wir am Tresen warteten. Der Aspirant musste sich in der Mitte des Raumes aufstellen – eine Tür im Rücken, ein Teil der Anwesenden außerhalb seines Blickfeldes, ein voll besetzter Tisch linksseitig halb im Rücken und eine Reihe von Parteioberen mit dem Rücken zum Aspiranten. Wahrlich eine Traumkonstellation. Die Fragen waren eher banal und oberflächlich an der Tagespolitik orientiert: Renten, Landwirtschaft, Milchpreis, und die Jokerfrage: „Was würden Sie sich als Tätigkeitsfeld im Bundestag aussuchen wollen, wo sehen Sie Ihre Schwerpunkte?"

Vorweg: Ich beneide keinen der neu gewählten Bundestagsabgeordneten um die Aktenstapel im Petitionsausschuss. Jeder meiner Berufskollegen kennt querulatorische Mandanten und seine eigenen Aktenberge. Vielleicht hätte ich mit Norbert Blüm „Die Rente ist sicher!" antworten sollen – damit hätte ich die Lacher auf meiner Seite gehabt – und mit Franz Josef Strauß, dass man in Brüssel auf den Tisch hauen müsse. Das wäre ein trauriger Treppenwitz gewesen, hat doch die Europäische Kommission beschlossen, die Milchkontingente ab 2015 komplett abzuschaffen. Das bedeutet dann „freier Markt". (Nach der Wahl 2009 freute sich die CSU über eine Subventionszusage über knapp 800 Millionen Euro für die Landwirtschaft.)

Nach diesem Schaulaufen saßen ein paar Bewerber noch bei Bier oder Kaffee zusammen, und natürlich wurden hinter vorgehaltener Hand Stimmungen ausgetauscht und Tipps platziert. Das Gremium tagte noch eine Weile hinter verschlossenen Türen und kam dann zu dem folgenreichen Entschluss, keine Empfehlung für einen Aspiranten abzugeben.

Der Kreisverband Ostallgäu allein stellte schon mehr Delegierte als die anderen Kreisverbände zusammen.

Die mathematische Wahrscheinlichkeit, dass einer der Bewerber aus den kleineren Kreisverbänden das Rennen machen würde, war mithin verschwindend gering, wenn und solange man dieses Rennen weiter ungesteuert laufen lassen würde.

So nahmen die Dinge ihren Lauf. Mit 95 zu 62 Stimmen entschied der Kandidat des größeren Kreisverbandes die Stichwahl für sich, nach einer wohl schwungvoll vorgetragenen, aber inhaltsarmen Rede, die ihm ein in der Region wohnhafter Moderator des Bayerischen Rundfunks geschrieben haben soll. Das Schaulaufen hatte ein Ende, der Wahlkreis sein „Topmodel" gefunden. Blieb der Beigeschmack, dass dieser „Beauty Contest" nichts gebracht hat. Die Bewerber aus den kleineren Kreisen hatten de facto zu keiner Zeit eine Chance. Wer also von den Leser(innen) erwägt, für den Bundestag zu kandidieren, möge sich informieren und seinen Wohnort im größeren Kreisverband nehmen.

P.S.: Einen Nutzen hatte dieses seltsame Verfahren dann doch – für die Funktionäre an der Spitze. Man habe es mit maximaler Transparenz versucht, so machte man uns glauben. Das hatte nicht funktioniert. Also war die Türe zu den Hinterzimmern mit den darin verborgenen „Findungskommissionen" und „Kaninchen aus dem Hut"-Zaubereien wieder offen.

„Ich komme zum Schluss"

Kennen Sie das innere Aufatmen im Auditorium, wenn der Redner am Pult sich anschickt, seinen langatmigen Vortrag zu beenden, und so das Ende des Martyriums der versammelten Zuhörerschaft ankündigt? Kurze, prägnante Reden, vielleicht garniert mit Anekdoten, kommen erfahrungsgemäß besser an. Ein rühriger Landrat hatte zwar den Grundsatz „Rede über alles, nur nicht über drei Minuten" postuliert, sprach selbst aber gern aus dem Stegreif schon mal anderthalb Stunden ermüdungsfrei und ohne Langeweile unter den Zuhörern, gelegentlich auch als Lückenfüller, weil der Minister, Ehrengast bei dieser Veranstaltung, noch nicht da war. (Der Lückenfüller war dann fesselnder und lustiger als die eigentliche Hauptrede danach.) Dabei half ihm sein bewundernswertes Personengedächtnis, sodass er die Anwesenden in seine Reden einbauen konnte, indem er auf gemeinsame persönliche Erlebnisse zu sprechen kam oder Anekdoten einstreute, die man sonst nicht in der Zeitung zu lesen bekam.

Dieses Patentrezept für einen kurzweiligen Vortrag habe ich verschiedentlich auch bei rhetorisch beschlagenen Abgeordneten erlebt. Bei politischen Früh- oder Dämmerschoppen war für mich viel interessanter zu erfahren, was man nicht in der Zeitung lesen konnte (da wurden meistens eh nur die Ränkespiele unterhalb des Kindergartenniveaus der Volksvertreter ausgewalzt), statt die platten Wahlkampfargumente zu hören, die einem mittlerweile zum Halse heraushingen.

Während der Rede eines Bundestagsabgeordneten wurde kritisiert, die Parlamentarier seien ja fast nie im Plenum zu sehen, wenn Reden im Fernsehen übertragen würden. Der Abgeordnete konterte, viele Ausschusssitzungen würden parallel zu den Plenardebatten stattfinden, und an Sitzungstagen habe der Abgeordnete eine Präsenzpflicht und müsse sich in die Anwesenheitsliste eintragen, denn sonst erhalte er eine Geldstrafe vom Bundestagspräsidenten. Bei namentlichen Abstimmungen würden jedenfalls alle, aber auch wirklich alle Abgeordneten zusammengetrommelt. Dafür gebe es sogar Lautsprecher auf den Toiletten, die das durchdringende Klingeln auch auf das letzte stille Örtchen übertrügen. Mit dieser Schilderung hatte er die Lacher auf seiner Seite.

Immer dann, wenn der Vortragende die Zuhörer auf einer emotionalen Ebene erreicht, sie zum Mitfühlen statt nur zum Zuhören oder Mitdenken bringt, machen das Referieren und das Zuhören mehr Freude. Das krasse Gegenteil ist der auf Frontalunterricht aufbauende Vortragsstil. Ermüdung und Langeweile sind meist der Fall, unabhängig vom Referenten. Das gilt für Dozenten an der Uni (der Begriff Vorlesung trifft insoweit leider voll ins Schwarze) genauso wie für Lehrer in der Schule und Vereinsvorsitzende auf Jahreshauptversammlungen.

Dabei gibt es wissenschaftliche Untersuchungen, dass bei einem Vortrag die Zuhörer nur zu etwa 6 % auf den Inhalt achten. Manche Vortragende übertreiben denn auch schon mal die Show, kehren den Entertainer hervor und lassen die Inhalte zu kurz kommen. Dafür haben wir dann aber gelacht, und das ist bekanntlich gesund – viel gesünder, als sich in einem verschnarchten Vortrag zu langweilen und darüber in Groll zu verfallen.

Jeder kann sich an solche Situationen in seinem Leben erinnern, etwa an einen Lehrer, bei dem das Lernen besonders viel oder besonders wenig Spaß gemacht hat. Ich denke da an meinen Französischlehrer in der 11. Klasse, bei dem ich die schlechtesten Noten meiner Schullaufbahn hatte. Weil wir im nächsten Jahr einen anderen Lehrer bekamen und wegen meiner grundsätzlichen Frankophilie wählte ich Französisch als Abiturfach und stand bald darauf statt auf einer Fünf zwischen Eins und Zwei.

Mittlerweile habe ich für alle Zuhörer Verständnis, die einen Vortrag verlassen, weil er sie langweilt. Schwierig ist es allerdings, wenn man als Ehrengast in der ersten oder zweiten Reihe Platz genommen hat. Da entscheidet man sich dann wohl eher, still und höflich zu leiden, obwohl leises Hinausgehen gesünder wäre und vielleicht auch lehrreicher für Referenten und Veranstalter. Also, wenn es Ihnen bei einem meiner Vorträge mal langweilig werden sollte, tun Sie sich keinen Zwang an und gehen Sie ruhig raus!

POLITISCHE INHALTE BRAUCHEN GLAUBWÜRDIGE VERMITTLER

Das politische System der repräsentativen Demokratie befindet sich in einer handfesten Krise. Politiker brauchen Sie danach kaum zu fragen, die haben nach meiner Erfahrung selten die Zeit oder den Willen (oder beides) zur Reflexion. Das lässt diese weitestgehend fremdbestimmte Tätigkeit auch kaum noch zu. Ein Termin jagt den anderen und das Wahl- und Parteivolk will den Abgeordneten bei wichtigen Veranstaltungen im Wahlkreis (berechtigterweise) auch sehen. Doch den Politikern bricht in einer dramatischen Kontinuität das Wahlvolk weg – die Zahl der Nichtwähler nimmt zu, weil immer mehr die Volksvertreter als abgehoben empfinden und das Gefühl haben, dass „die ja eh machen, was sie wollen", „sich nur das Geld in die eigenen Taschen stopfen" und „ja gar nicht wissen, wie es im ‚richtigen Leben' zugeht".

Eine gute Frage, die Journalisten Politikern gern stellen, lautet: „Was kostet ein Liter Milch?" Da sehen Sie gleich, wer noch selbst zum Einkaufen geht und auf den Preis achtet oder zu Hause nur die Kühlschranktüre aufreißt. Bei meinen politischen Ausflügen habe ich verschiedene Landtags- und Bundestagsabgeordnete ganz nah erlebt. Die Mitarbeiterin einer Landtagsabgeordneten berichtete mir, dass ihre Chefin gar nicht mehr wisse, was Lebensmittel kosten. Bei allen Terminen und

Besprechungen sorgen Fraktionsmitarbeiter oder die Verwaltung für frischen Kaffee, Getränke und belegte Semmeln. Doch wer sich nicht mehr an der Basis sehen lässt und sich auf Bürgersprechstunden zurückzieht, zu denen das Wahlvolk ins Bürgerbüro pilgern muss, der offenbart ein hierarchisches Amtsverständnis.

Ansprechbar sein, zur Empathie fähig sein und bleiben, das sind ganz wesentliche Eigenschaften, die ein Volksvertreter braucht. In diesem Zusammenhang erinnere ich mich an zwei Extreme. Das eine bildete der damalige Bundestagsabgeordnete aus unserem Wahlkreis. Im Jahr 2005 wurde er noch einmal nominiert, weil man auf die Schnelle keinen geeigneten anderen Kandidaten gefunden hatte. Einer meiner Studienkollegen, ein politisch aktiver, an der Basis verwurzelter, rhetorisch fähiger Mensch, fragte nach den Initiativen, die der Abgeordnete für seinen Wahlkreis in der vergangenen Legislaturperiode auf den Weg gebracht habe. Angesichts der Antwort standen uns die Münder offen: Dazu habe er ja nun wirklich keine Zeit mehr gehabt, denn in seiner Funktion als Mitglied im Verteidigungsausschuss und im NATO-Rat sei er einfach zu viel unterwegs gewesen. Themaverfehlung, urteilten alle Anwesenden. Dennoch wurde er erneut nominiert.

Dieser Umstand offenbart eine weitere Malaise: die fehlende Nachwuchsarbeit, in Unternehmen auch Personalentwicklung genannt. Ein befreundeter Oberst a. D., mit dem ich mich in der Problembeschreibung einer Meinung weiß, berichtete mir, dass er für solche Fälle stets eine Liste mit Namen und geeigneten Verwendungen in seiner Schublade hatte, denn er hatte ein Auge auf seine Leute und wollte diese auch ihren Fähigkeiten entsprechend fördern und voranbringen. In der Politik hängt die Herangehensweise an diese Thematik wesentlich von der Führungsmannschaft ab. Auch hier gilt, wie im „richtigen Leben", dass sich schwache Vorsitzende auch mit schwachen Stellvertretern und Mitarbeitern umgeben. Dann werden alle erdenklichen Entscheidungen im Sinne eines engen Zirkels durchgewinkt, und die Ergebnisse bei Wahlen und Abstimmungen passen meistens, weil die Basis viel zu selten aufmuckt. Was aus dem Blick gerät, sind die Wahlergebnisse, die – wenn auch unter Umständen langsam, so doch merklich – von Mal zu Mal schlechter werden. Dass es auch anders und mit Transparenz geht, zeigen vereinzelte junge Vorsitzende, die es auch gibt. Darauf angesprochen verweise ich gerne auf den CSU-Kreisverband Oberallgäu, wo der Vorsitzende in Rundschreiben an seine Arbeitsgemeinschaften und Ortsverbände bei der Frage nach Vorschlägen zu Wahlen schon dazuschreibt, welche Vorschläge ihm bereits vorliegen und dass alle eingeladen sind, sich an der Ideensammlung und mit Vorschlägen zu beteiligen.

Aber nun zum anderen Extrem: Aus dem Klein-Klein der Hinterzimmer und der sinkenden Zustimmungswerte, dem Gezänk im politischen Alltag kam in Gestalt von Karl-Theodor zu Guttenberg ein Gegenentwurf ans Tageslicht, als er Ende Oktober 2008 als CSU-Generalsekretär auffiel. Guttenberg war im Vergleich zu Christine Haderthauer, deren Außenwahrnehmung unter dem erfolglosen Gespann Huber/Beckstein gelitten hatte, und Markus Söder, einem Wadlbeißer der alten Schule, ein charismatischer junger Mann, der ganz andere Töne von sich gab, statt bloß auf den politischen Gegner einzudreschen.

Ich hatte „KT" bei einer Veranstaltung in Memmingen live gesehen. Die Stadthalle platzte aus allen Nähten. Gebäudeteile mussten wegen Überfüllung gesperrt werden. Um den Andrang zu kanalisieren, wurden Nebenräume mit Bildschirmen ausgestattet, auf denen die Rede live verfolgt werden konnte. Welcher Politiker konnte von sich zuletzt behaupten, dass er die Menschen wieder aus ihrer Komfortzone herauszuholen imstande war und zunächst für sich und dadurch auch für politische Inhalte zu interessieren verstand?

Schade, dass er über seine Doktorarbeit, genauer gesagt durch den ungeschickten Umgang mit den aufgeworfenen Plagiatsvorwürfen, „vorerst scheiterte". Eher zufällig kam ich dem begeisternden Momentum seiner Rhetorik auf die Spur – bei einem O-Ton von John F. Kennedy. Verschiedene Reden Kennedys sind auf CD nachzuhören. Der Enthusiasmus, den Kennedy in wenigen Minuten im Publikum zu erzeugen in der Lage war, resultierte aus einer „Rhetorik in großen Zusammenhängen". Gemeinsamkeiten und Stärken, Grundbedürfnisse der Zuhörer und gemeinsame Ziele, wenn auch eher global, werden angesprochen. Die Zustimmung dazu ist enorm. Hinzu kommt die Persönlichkeit.

„Die Familie setzt sich vom Volk nicht durch Arroganz ab („wir da oben, die da unten") und auch nicht durch Wertungen („wir sind die Guten, die anderen die Schlechten"), wie das vielleicht manches Vorurteil verlangen würde. Sondern sie setzt sich eben durch Größe ab: Wir befassen uns mit den wirklich wichtigen Dingen, mit den großen Bedeutungen. Und weil das schon immer so war, ist es auch völlig normal. So wie manche Positivdenker das Negative ausblenden, blenden manche Großdenker das Kleine aus.

Die Orientierung an Größe zieht sich durch zu Guttenbergs Worte und Taten: Er ist der Wirtschaftsminister, der in Sachen Opel die Wahrheit ausspricht. Er ist der Verteidigungsminister, der keine Intrige duldet. „Klarheit und Wahrheit" sind die Werte, die er hochhält. Es besteht kein Grund, dass ein Minister die Spielchen der Ministerialbürokratie und des politischen Alltagsgeschäfts mitmacht. Sondern er kann diese Gepflogenheiten auch hinterfragen. Das kommt super an." *(http://www.thilo-baum.de/ lounge/buchtipps/die-guttenberg-rhetorik/)*

Guttenberg war für den Wahlkreis Kulmbach in den Bundestag direkt gewählt worden. Er war der „Stimmenkönig" der Bundestagswahl 2009: mit 68,1 Prozent erzielte er das beste Ergebnis überhaupt.

Wenn Sie wissen wollen, wie das Leben funktioniert – fragen Sie Ihren Friseur!

Neben den Psychotherapeuten dürfte es keinen anderen Berufsstand geben, dessen Vertreter so viel vom Leben und von den Befindlichkeiten der Menschen verstehen wie der des Friseurs. Die Gespräche bei meinem Friseur sind so originell und vielfältig, dass ich sehr gerne dorthin gehe. Dabei ergeben sich immer andere Themen und Schwerpunkte. Mal rede ich und er hört zu, mal umgekehrt. Besonders beeindruckt bin ich davon, dass ich ihn zu allen Lebensbereichen fragen kann und seine Antworten bislang immer Hand und Fuß hatten. Das ist erstaunlich und erfreulich zugleich.

Friseure haben erfahrungsgemäß eine Menge Zeitschriften vorrätig, sowohl für den Geschmack der Frauen als auch den der Männer. Bunte, InStyle, Petra, Gala sowie aktuelle Prospekte der Firma Wella liegen neben Automagazinen, Playboy oder Penthouse bereit.

Beim Blick in eines der Männermagazine kamen wir über die ästhetischen Fotos ins Gespräch und über unsere Erfahrungen in der Pubertät im Umgang mit derlei Darstellungen. Bei der heutigen Jugend, so wusste mein Friseur zu berichten, bewirkten die Aktfotos gar nichts mehr. Die jungen Männer seien über den Konsum einschlägiger Fotos und Videos in den elektronischen Medien bereits schlicht abgestumpft. Via Smartphones „zögen" sie sich alle erdenklichen und jenseits der Vorstellung liegenden

Videos „rein" und meinten, dass dies mit der Wirklichkeit etwas gemeinsam hätte.

Ob junge Damen, die erste Erfahrungen in der Sexualität machen, auf derart fehlangeleitete Handlungsansätze tatsächlich „stehen"? Erektionsstörungen schon mit 17 als Folge einschlägigen Videokonsums, das hat mich in meiner Einschätzung, die ich aus dem Bereich der Gewaltdarstellungen gewonnen hatte, erneut bestätigt.

Auch eine im besten Sinne des Wortes heilsame Erfahrung habe ich beim Friseur gemacht. Unter dem Motto „In 5 Minuten 5 Jahre jünger aussehen" hatte ich mir eine Farbauffrischung für meine immer grauer werdenden Haare gegönnt. Meiner Frau fiel die Veränderung erst gar nicht auf. Nach der zweiten oder dritten Anwendung habe ich es dann aber wieder sein lassen und mich entschlossen, zu meiner Haarfarbe und den zunehmenden Grautönen zu stehen.

Ob zum richtigen Ziel für den nächsten Sommerurlaub, die Verhaltensweisen junger Männer im Umgang mit Mädels, den besten Nachhilfeunterricht oder das Rasen im Dorf – mein Friseur hat zu vielen Dingen Sinnvolles zu sagen. Selbst den Umtausch des MacBook Pro meiner Frau (weil der Verkäufer ihr die nächste Gerätegeneration vorenthalten hatte) hat er empfohlen. Er ist halt Lebensberater, Einkaufsberater und Styleberater in einem. Vielen Dank dafür!

Pragmatische Lösungen

Gerichtsverhandlungen sind zumeist öffentlich, mit Ausnahme von Strafverfahren gegen Jugendliche und Scheidungsverhandlungen vor dem Familiengericht. Dies ist ein Privileg der Demokratie und ein Ergebnis der Lehren aus dem sogenannten Dritten Reich, wo es unsägliche Geheimprozesse gab. Wenn Sie Zeit haben, besuchen Sie doch einmal eine Gerichtsverhandlung in Ihrer Nähe. Wenn ich Zeit habe, setze ich mich gerne auch mal in die hinteren Reihen und höre zu, besonders bei Güteverhandlungen im Arbeitsrecht. Wie lehrreich der Besuch einer Gerichtsverhandlung sein kann, konnte ich im Herbst 2012 vor dem Arbeitsgericht in Mannheim erfahren.

In dem Prozess ging es um die Kündigung eines Mitarbeiters, der als Auslieferungsfahrer bei einem Unternehmen beschäftigt war. Weil der Mann mit dem Auslieferungsfahrzeug viele Tausende von Kilometern zurücklegte, hatte ihm der Betrieb eine Tankkarte zum bargeldlosen Betanken dieses Wagens überlassen. Aus den Statements der Anwälte – auf der einen Seite der Mitarbeiter als Kläger zusammen mit seinem Rechtsanwalt, auf der anderen der Rechtsanwalt des Unternehmens – wurde schnell klar, dass der eine den „Stürmer" gab (gegen die Kündigung des Unternehmens) und der andere den „Verteidiger" (der die Kündigung rechtfertigte und die Angriffe des Kollegen abzuwehren versuchte). Dem

Mitarbeiter war fristlos gekündigt worden, weil herausgekommen war, dass er über mehrere Jahre verteilt sein Privatauto auf Firmenkosten betankt hatte – für mehr als 1600 Euro.

Um im sportlichen Bild zu bleiben: Der Richter hat die Rolle des Schiedsrichters inne. Bei ihm versuchen Stürmer und Verteidiger zu punkten, er muss unfaire Attacken unterbinden und kann auch schon mal die Gelbe Karte zeigen.

In diesem Fall schoss der Stürmer weit übers Ziel hinaus. Er verlangte, dass die fristlose Kündigung in eine ordentliche umgewandelt werde, Urlaubsabgeltung ausbezahlt werde und der Betrieb seine Forderung von etwa 1600 Euro fallen lasse. Obendrein wollte er ein überdurchschnittlich gutes Zeugnis und die Zusage des Anwalts des Betriebes, dass auf eine Strafanzeige verzichtet werde.

Die Kollegen in der Kurpfalz sind aber streitbar, dachte ich bei mir. So viel Einsatz in auswegloser Lage?

Das ist ein echtes Problem.

Vielleicht würde es den Anwälten helfen, sich, um es mit Stephan Breidenbach (Hochschullehrer an der Viadrina Universität Frankfurt, Habilitation 1994 an der LMU München mit der Arbeit „Mediation: Struktur, Chancen und Risiken von Vermittlung im Konflikt") zu sagen, als „Torhüter des Konfliktes" zu sehen statt als „Stürmer" und „Verteidiger". Das bedeutet aber auch, Dinge zu vermeiden, die den Konflikt unnötig anheizen und insbesondere unrealistische Erwartungen bei den Mandanten wecken, denn die Anwälte haben viel Anteil daran, ob ein Streit eskaliert oder die Streitparteien zum Dialog zurückfinden, was die Türe zur Einigung für immer schließen oder öffnen kann. Mancher Mandant meint, ein guter Anwalt sei der, der sich für ihn ins Zeug legt und kämpft. Das hat keinen Sinn, wenn er auf verlorenem Posten steht. Tut er es aber nicht, riskiert er, seinen Mandanten zu enttäuschen.

Zugegeben, es gibt auch Kollegen, die den Ausgang des Prozesses in so einer Situation auf den Richter schieben und dem Mandanten weismachen wollen, der Richter hätte nichts kapiert.

Sinnvoller ist allemal die Suche nach einem Ergebnis, mit dem einem Mandanten effektiv geholfen ist. In dem Verfahren in Mannheim einigten sich die Parteien schließlich nach zähem Hin und Her auf den kleinsten gemeinsamen Nenner, die Beendigung des Arbeitsverhältnisses und dessen Abrechnung zum Stichtag Monatsende. Von den Rängen gab es zwar keinen Applaus, aber immerhin zustimmendes Kopfnicken für diese pragmatische Lösung.

P.S.: Eine andere Auswirkung der Mediengesellschaft ist neben der Erwartungshaltung mancher Prozessparteien, was das Ergebnis einer Klage angeht, deren Verhalten im Gerichtssaal. Seit Barbara Salesch, Alexander Hold und Co. wird uns als „sozialadäquat" ein Verhalten im Gerichtssaal vermittelt, das, wie ein Richter in Kempten einem aufbrausenden Arbeitgeber ins Stammbuch schrieb, in anderen Ländern zur Verhaftung der „Zwischenrufer" führen würde. Vielleicht ist es für emotional am Ausgang eines Verfahrens Beteiligte auch besonders schwer, „kühlen Kopf zu bewahren". Ein Richter in Pforzheim brachte es in wohltuender Ruhe und Sachlichkeit, gleichwohl bestimmt genug auf den Punkt: „Wir sind hier nicht im Fernsehen". Darauf verließ der zwischenrufende Ehemann der Beklagten den Sitzungssaal. Danach war der Weg frei für einen sinnvollen Vergleich.

SAGEN SIE ÖFTER MAL DANKE!

Mit Rhonda Byrnes Hilfe ist mir die Bedeutung von Dankbarkeit neu und klar ins Bewusstsein gekommen. Es gibt unendlich viele Gelegenheiten, täglich Danke zu sagen und zu denken. Mit diesen Gedanken erhelle ich meine Stimmung und richte meine Wahrnehmung auf die Dinge und Umstände, für die ich dankbar bin, mit denen ich Angenehmes verbinde. Damit verbessere ich meine Laune und meine Ausstrahlung. Da passiert es schon mal, dass mich andere Menschen aus heiterem Himmel grüßen oder freundlich anlächeln. Ein wunderschöner Spiegel.

Während meiner ehrenamtlichen Arbeit bei der Landesverkehrswacht Bayern komme ich mit vielen Menschen zusammen, die sich für die Sicherheit aller einsetzen. Die Jahresmitgliederversammlungen der Kreis- und Gebietsverkehrswachten in den Städten und Landkreisen ist eine hervorragende Gelegenheit, Danke zu sagen. Die Arbeit der Verkehrswachten bildet alle Lebensphasen ab: von der Geburt des Kindes (die Familie wird das Kind sehr wahrscheinlich im Familienwagen nach Hause bringen, hoffentlich in einer Babyschale, die das Kind sicher aufnimmt und schützt) über die Kindergartenkinder, die mit Hilfe des Rollers und anderer Gefährte spielerisch mit Bewegung und Geschwindigkeit vertraut gemacht und auf den gefährlichen Verkehrsraum Straße vorbereitet werden, die Abc-Schützen, die mit Signalwesten den Schulweg sicherer zurücklegen können, die Schulweghelfer, Schulbuslotsen und die Jugendverkehrsschule, die den Kindern selbständiges Fahrradfahren beibringt, bis zu Verkehrsunterricht und Aufklärung für ältere Verkehrsteilnehmer. Denken Sie doch bei Gelegenheit darüber nach, wie viel Dankenswertes die ehrenamtlichen Helferinnen und Helfer in den verschiedensten Organisationen für das Gemeinwesen leisten. Auch in ihren Berufen leisten viele Menschen wertvolle Dienste für die Gemeinschaft. Danke dafür!

Ein Mensch, dem ich über etwa ein Jahrzehnt in dieser Dankbarkeit verbunden bin, ist der Radiomoderator Helmer Litzke. Wir haben uns bei einem kleinen Regionalsender kennengelernt, als ich dort Rechtstipps zu aktuellen Fragen von Hörerinnen und Hörern zum Besten geben durfte. Die Freude und Freundlichkeit, mit der Helmer seine Sendungen moderiert, überträgt sich durch das Radio. Manchmal freue ich mich schon am Sonntag darauf, dass er mir am Montag wieder mit seiner Gute-Laune-Moderation den Tag verschönt. Dabei ist die gute Laune an sich noch nicht das ausschlaggebende Kriterium. Es ist Wertschätzung.

In seinen Sendungen verwendet er viel Zeit auf das Gespräch mit den Hörerinnen und Hörern. Wenn sie zu seiner Sendezeit im Studio anrufen, haben sie alle die Chance, mit dem Moderator selbst zu sprechen. Er nimmt sich Zeit und gibt Wertschätzung durch Aufmerksamkeit. Besonders schön sind die Geburtstags-Glückwunsch-Anrufe. Auch meine Frau und ich konnten einem lieben Menschen mit einem solchen Anruf schon eine Überraschung und Freude bereiten.

Menschen, mit denen ich in Dankbarkeit verbunden bin, sind die engagierten Erzieherinnen und Erzieher in den Kindergärten und Lehrerinnen und Lehrer in den Schulen, die ihren Beruf aus Berufung ausüben und die Kinder begleiten und ihnen in einer schützenden Umgebung erlauben, zu forschen, zu entdecken und eigene Erfahrungen zu machen. Dank dem Neurobiologen Gerald Hüther, dessen Vortrag in Karlsruhe zu hören ich die Freude hatte. Seither erlebe ich Begeisterung bewusst. Begeisterung ist „Dünger für unser Gehirn", und alles, was wir mit Begeisterung tun, werden wir perfektionieren. Viel von meiner Begeisterung, Freude und Liebe hat mit den lieben Menschen zu tun, die mich umgeben: meine Kinder, meine Frau, meine Eltern. Täglich begegne ich vielen liebevollen und freundlichen Menschen auf meinem Weg. Klar gibt es auch Griesgrame, doch diesen versuche ich ein Lächeln oder zumindest einen guten Gedanken zu schenken. Die freundlichen Menschen sind deutlich in der Mehrzahl. Danke!